Jean Duplay

L'AMERIQUE EN BALLON

Conte russe, en deux parties

A Fiodor Mikhaïlovitch Dostoïevski

Admiration et gratitude

L'AMERIQUE EN BALLON

première partie

LE CHEMIN DES KIRGHIZES

I

L'IMPLACABLE REGARD DE L'INNOCENCE

Raskolnikov et Sonia se tinrent encore longtemps, enlacés, au bord du paysage ; le fleuve bruissait doucement, en bas, dans la vallée, et Rodion Romanovitch sentait battre son cœur, comme un petit animal indépendant de lui-même, enfermé dans sa cage et se débattant pour en sortir. Jamais encore il n'avait éprouvé une sensation aussi étrange, aussi nouvelle, et c'était comme si son esprit s'était soudainement vidé, absorbé par le clapotis paresseux et le jeu du soleil couchant qui rebondissait sur la lame grise et dorée, bruissante, là au dessous d'eux, coupant les champs en leur milieu. Il ne disait rien, il n'y avait rien à dire, que d'éprouver à deux, en silence, cette sensation brute d'être au monde, soudés l'un à l'autre et pourtant différents, dans l'unité première de la nature qui les portait, qui les enveloppait.

Elle aussi se taisait, paisible pour la première fois en sa présence, et cependant elle étouffait de bonheur, des larmes rentrées coulaient doucement dans sa gorge, sans qu'elle sût pourquoi, ni cherchât à analyser ses sentiments. Car il n'y avait rien à comprendre non plus, et ils se laissaient dériver délicieusement au fil de l'Etre qui se révélait tout autour et en eux, comme le bleu de la nuit venait se mêler peu à peu à l'or des blés éclaboussés de rayons pourpres. C'était cela, cela même qui envahissait son âme à cette seconde :ce mélange intime et secret de la nuit et du jour, du bleu et de l'or, de l'animal et du végétal, la beauté sourde qui murmurait là-bas des secrets incompréhensibles et pourtant essentiels… . Elle frissonna. Une brume fraîche et humide, chargée d'odeurs et de parfums, montait de la prairie devant laquelle ils se tenaient, assis sur un tas de rondins. De la steppe, sous l'horizon, bien au delà de l'Irtych étalé dans sa vastitude, parvenait encore, comme l'autre matin, une mélopée sans âge ; à cette heure, le ciel troué d'étoiles froides et coupantes comme des diamants semblait refléter les multiples feux des campements nomades.

Dans un coin sombre, entre deux fagots, une chatte étendue allaitait sa portée.

Sonia rajusta sa pèlerine râpée sur ses maigres épaules et, s'enveloppant de son éternel châle vert en drap de dames, elle se leva comme à regret, sans lâcher la main de Raskolnikov, puis l'attira timidement à elle dans un geste tendre.

« - Allons, lui dit-elle, il est temps pour vous de rejoindre les autres dans le hangar. J'ai entendu le surveillant rentrer, il ne va pas tarder à appeler. Tu dois garder patience et espérance, Rodion Romanovitch. Car maintenant tu sais où tu vas, nous savons où nous allons – ensemble. »

Elle avait prononcé ces derniers mots presque dans un murmure, en rougissant et en baissant les yeux, comme effrayée par son audace.

Il se leva lui aussi, et, se reculant un peu, il la fixa d'un regard étincelant – on eût dit que deux étoiles, tombées de ce ciel de printemps, s'étaient accrochées, pantelantes, à ses yeux, et y scintillaient d'un éclat nouveau. On était un mois après Pâques, et le froid de la nuit, encore vif, commençait à se faire sentir.

« - Tu as raison, Sonia ; je dois les rejoindre. Mais je sais où je vais désormais. C'est sans doute là que se trouve l'essentiel ;

ton père, Semion Zakharitch, me l'avait dit lors de notre première rencontre : « il faut bien que tout homme puisse aller quelque part … . Car il arrive un moment où il faut absolument aller n'importe où ! ».

Ce moment-là est arrivé pour moi, Sonia, et j'ai choisi ma route. Pendant ma maladie, j'ai fait un rêve terrible, un vraie « descente aux enfers ». Les hommes étaient devenus fous, au nom des grands principes, tous s'entre-tuaient ou s'ignoraient, et toutes sortes de fléaux s'abattaient sur eux. Seuls quelques Justes subsistaient, cachés, inconnus de tous, et attendaient la fin de ce cauchemar, « en réserve » pour fonder un monde nouveau.

Ce délire a duré des jours et des jours ; et puis, un matin – les cloches carillonnaient, ce sont elles qui m'ont réveillé – je me suis senti d'un coup comme régénéré.

Je me suis levé… et j'ai marché vers la fenêtre grillagée, dans le soleil qui inondait la pièce. Là j'ai commencé à sentir – il n'y a pas d'autre mot. C'est comme si une voix m'avait appelé en secret ; comme si cette voix m'avait révélé ce que – non, pas *ce que* j'étais ; mais que *j'étais*, tout simplement : une âme dans un corps, une âme et un corps créés pour sentir, pour agir, pour aimer – pour vivre.

Au delà de la cour et du mur d'enceinte, là bas, sur l'autre rive, il y avait ces tentes de bergers, installés là pour quelques jours, quelques semaines peut-être ; alors, sur quelque signe mystérieux du ciel, ils repartiraient, en quête d'autres pâtures. Et avec eux, dans la poussière de leurs sandales, dans la trace de leurs pas, dans le chant des oiseaux qui les accompagne, mon esprit vagabondait par delà les steppes et les forêts, de déserts en rivages inconnus… . Et que pouvaient leur faire tous ces conquérants, ces Napoléon et ces Tamerlan, ces Alexandre, à eux, vagabonds, plus pauvres que les pauvres, errants depuis quatre mille ans ?… Ils n'en ont cure, ils ne cherchent rien d'autre qu'eux-mêmes ; dénués de tout sauf de l'essentiel, ils ne convoitent que leur paix ; guidés par leur troupeau, ils n'ont même pas le souci du choix de leur chemin.

C'est la même voix qui les guide, à chaque embranchement, et leur donne la route comme on donne la vie – ici, c'est le désert ; là-bas, l'oasis.

Avec eux j'ai voyagé, je ne sais pas, une heure peut-être, ou une minute, mais en un instant fulgurant j'ai vu défiler les toits de Peterbourg, les sables brûlants de Gobi, les flots bleus de l'océan, les brumes de Londres ou d'Amsterdam, les blés dorés de l'Ukraine, les trésors de Samarkhande... combien d'autres choses encore !

Et j'ai alors compris, compris intimement que je n'étais pas, que je n'étais plus cette pensée pure et desséchée, cette idée monstrueuse et dévorante ; je redevenais un homme, tout simplement, avec toutes ses faiblesses, avec tous ses défauts – mais aussi toute sa force, celle qui d'un regard peut faire fondre les murs des prisons et me transporter d'un bout du monde à l'autre; cette force qui fait que, même derrière les barreaux, je demeure libre, fondamentalement libre – même si je dois attendre encore de longues années avant de pouvoir prendre le chemin des kirghizes... »

Raskolnikov se tut soudain, plongé dans ses pensées.

Sonia, qui avait tressailli à l'évocation des paroles de son père et dont les yeux s'étaient embués de larmes, s'était cependant reprise ; ayant écouté avec attention le discours de Rodion, elle murmura d'un ton rêveur :

« - Se peut-il vraiment qu'on puisse se sentir libre, alors que l'on est ainsi enfermé, et surveillé à tout instant ? ... »

Raskolnikov, surpris par la question, réfléchit un instant, puis il répondit :

« - Ce n'est pas la liberté du corps dont je parle. Quand j'ai commis *cela*, j'étais convaincu que cet acte, pour abject qu'il fût, allait me permettre de conquérir la liberté absolue, en m'affranchissant une bonne fois pour toutes de la Loi et que, en me plaçant au dessus de l'humanité laborieuse, j'allais ainsi pouvoir commander au Bien, réduire définitivement le Mal qui asservit les hommes et les afflige. Car c'est le triomphe du Bien que je désirais, par dessus tout ; je pensais sincèrement que ce geste insignifiant – quelle importance en effet, que d'écraser une punaise malfaisante, cette usurière égoïste et inutile, si on le rapporte aux grandes guerres napoléoniennes, aux massacres et aux holocaustes dont l'Histoire est jalonnée ? ... Je croyais que cet acte infime, donc, n'était qu'un bien modeste prix à payer pour accéder à ce degré supérieur de conscience, réservé aux seuls êtres d'exception, appelés à guider l'Humanité comme les bergers leur troupeau... .

Il ne s'agissait là pour moi que d'une sorte de rite initiatique, comme en Maçonnerie ; si je l'accomplissais d'une main résolue et d'un cœur léger, tous les obstacles opposés à un destin unique s'écarteraient comme par magie de ma route, il ne me resterait plus qu'à exercer mon esprit et ma justice sur le Monde, en oubliant toute cette misère et toute cette fange... Etait-ce même seulement faire le mal, que d'éliminer cette vieille sorcière souffreteuse, riche à millions et vivant chichement, qui exploitait et maltraitait sa pauvre sœur, et de surcroît avait décidé de tout léguer à une laure de moines stupides, afin de faire dire *ad aeternam* des messes pour le salut de son âme ? Et tout cela, sans rien laisser à la malheureuse Elisabeth, Elisabeth la simple d'esprit, douce et pure Elisabeth, celle qui ne savait pas dire non ?...

Ce n'était que justice, même aux yeux de Dieu, et mon geste a soulagé tous ceux dont elle avait volé le pauvre bien contre quelques kopecks ; oui, ç'a été à proprement parler un acte salutaire.

Et pourtant…. Pourtant, au delà de cet acte, je n'ai pas trouvé la Liberté absolue que l'on m'avait promis. Non, ce n'était pas du tout cela ; j'ai été trompé, roulé, abusé ! Non, vraiment, au delà… Il y a d'abord eu ces cris dans la nuit, et des larmes, des cauchemars atroces ; puis des rires qui sonnaient faux, des sourires complices, équivoques ; et puis, les soupçons doucereux de ce démon de Porphyre, et mon esprit qui se perdait peu à peu dans la crainte de me découvrir en oubliant un infime détail, une tache de sang, un indice quelconque… Cet homme surgissant de nulle part, qui dans la rue me poursuivait en criant « Assassin ! »… Et cette touffeur impitoyable de l'été à Peterbourg, cette moiteur des canaux, ces odeurs mélangées de gravats, de peinture et de pourriture qui me hantaient jusque dans mon sommeil ! Tout cela me harcelait nuit et jour, au point que je suis retombé malade, et qu'à plusieurs reprises j'ai sérieusement envisagé d'en finir… Ce que j'aurais sans doute fait, Sonia, s'il n'y avait eu l'accident de ton père qui a distrait mon attention et m'a amené à te rencontrer… Puis à me dénoncer…

Cette géhenne avait rempli ma tête, mon cœur et mon esprit ; non seulement je n'étais pas plus libre qu'avant, mais je me trouvais enchaîné à mon acte comme à un boulet : figure-toi que la vieille osait même me visiter en rêve, et quand je la frappais, elle riait, et plus je la frappais, plus elle riait, riait, riait !… et son sang m'éclaboussait le visage, et la porte, enfoncée par des coups répétés, s'ouvrait soudain, livrant passage à Koch et Pestriakov, au concierge, aux voisins, à Mitka et Nicolas, au lieutenant-poudre et à Zametov, à Loujine, à tous les autres et bien d'autres encore, des inconnus, qui me barraient la route en criant : « Assassin ! Assassin ! ASSASSIN ! »….

Cette fois, Sonia n'avait pu retenir ses larmes, elle s'était effondrée sur l'épaule de Raskolnikov ; et elle l'enlaçait de ses maigres bras, tandis qu'il frémissait de haine et de terreur à l'évocation de ses souvenirs et de ses hantises.

Ils sanglotèrent un moment l'un contre l'autre, puis Sonia, ravalant ses pleurs, lui dit :

« - Rodia, cette liberté que tu cherchais tant, je sais que tu la trouveras ; je t'aiderai de toutes mes forces et de tout mon amour. Tu as commis une erreur, et tu ne sais pas laquelle ; c'est cela qui te tourmente.
Mais Dieu, lui, le sait, il t'a déjà fait signe ; je suis sûre qu'il te donnera la force de trouver la voie, et de comprendre comment te débarrasser de ce fardeau, trop lourd pour toi comme pour n'importe quel homme.

Et moi, je crois en toi ; car moi je sais que tu n'es pas méchant : tu as su me défendre quand j'étais accusée, humiliée ; tu as aidé mon père, et Catherine Ivanovna, et nos petits enfants, quand tous riaient de nous et moquaient notre détresse ; non, Rodia, tu n'es pas méchant homme. Mais comme tu souffres encore !... Comme tu as besoin d'aide !... Et pourtant, c'est à toi de trouver le chemin dans ton cœur, et tu le trouveras.

Après cette horrible chose - elle frissonna – ce n'est pas au dessus des hommes que tu t'es placé ; c'est en dehors de l'humanité que tu as brutalement été jeté. Tu croyais alors être devenu libre. En réalité, en faisant *cela*, tu t'es enchaîné au mal et tu es devenu son esclave ; et pourtant, même alors, tu as su trouver la force de faire le bien, tu voulais nous sauver, tu voulais me sauver – te sauver toi-même. Tu distribuais ton pauvre argent sans compter - sans même toucher aux quarante deniers enterrés sous la pierre – et ta bouche était pleine de blasphèmes ! Quelle folie ! (elle se signa). Et tu as su aussi aller au milieu de la place, au milieu de la foule, embrasser à genoux la boue des quatre chemins – et puis tu t'es livré... Même avec le diable sur ton dos, tu as fait tout cela, Raskolnikov ! Tu as eu cette force !... »

Les mains jointes, elle le regardait avec vénération ; ses yeux brillaient.

Rodion, passablement agacé, s'était rassis sur les rondins, et la regardait avec humeur.

« - Laisse Dieu et le diable en dehors de tout ça, veux-tu ? dit-il, courroucé. J'étais malade et fatigué, la police me traquait, je ne savais plus ce que je faisais. Vraiment, j'ai choisi le Bien ? » dit-il avec un ricanement méchant.

« - Mais c'est un hasard, un pur hasard, vraiment ! J'allais me jeter à l'eau, dans le canal, oui, cela me tentait sérieusement, j'étais à deux doigts de le faire, quand cette femme devant moi a voulu se noyer – et il aurait sans doute mieux valu qu'elle y parvînt, la malheureuse !... Et puis plus tard j'étais seul, affreusement seul, dans la nuit, je ne savais plus que faire, où aller, me livrer ou me perdre, c'était indifférent, avec la certitude d'être seul pour l'éternité... L'éternité dans un placard ! » lança t-il avec un ricanement amer.

« - Et, au bout de la rue, il a fallu alors que ton père se fasse écraser par cette voiture, et c'est cela – oui, c'est cela qui m'a ramené vers toi, vers Catherine Ivanovna, vers Polia, Kolia et Lyda... Et c'est seulement cela qui a fait battre à nouveau mon cœur : l'agonie de ce pauvre Marmeladov et puis tout ce malheur, et puis tes yeux, aussi, ton doux regard franc, incapable de mensonge, et puis ta Foi, ta foi absurde en cette Providence qui viendrait vous sauver.....

Tu te souviens, comme je t'ai effrayé quand je me suis prosterné devant toi, comme devant une effigie de la Misère humaine ?... Devant toi, la fille publique, toi qui étais prête à tout pour les sauver, eux, même eux ! Même au prix de l'opprobre et des crachats, même en assumant les conséquences d'un vol que tu n'avais pas commis ! J'étais sincère, alors, quand je t'ai dit que pas un d'entre eux ne valait ton petit doigt, personne, pas même Dounia, ma propre sœur !... » Et il reprit, pensif : « - Oui, c'est ainsi que je t'ai vue, toi, la fille du Peuple, la fille de rien ; tu t'es sacrifiée en livrant ton corps, ton « honneur » comme ils disent, pour des gens qui ne t'étaient rien, pour les sauver, Catherine Ivanovna et ses enfants ! Mais que leur devais-tu donc ? Ce n'était même pas ta mère, elle était folle, elle te battait, et pourtant, tu t'es vendue pour elle !... C'est elle qui t'a poussée sur le trottoir, et tu as accepté cette infamie, pour quelques kopecks que tu lui donnais, et au-delà de toute cette honte tu l'as aimée, tu l'as soutenue jusqu'à la fin, et tu l'as pleurée !...Au reste, ce n'était pas une mauvaise femme, elle aussi avait eu son lot de malheurs, au point d'en devenir folle...

Au fond, tu es comme moi : tu as transgressé la Loi pour les sauver ... Ensuite, quand je t'ai tout avoué, même le meurtre accidentel d'Elisabeth, ton amie, ne t'a pas écœurée : non, tu ne m'as pas adressé de reproche, non, pas le moindre, bien au contraire, tu as pleuré pour moi, et tu m'as plaint, tu m'as étreint, tu m'as embrassé !... Et tu as accepté de me suivre, partout, sur l'heure, « même au bagne », as-tu dit, alors même que je ne songeais pas une seconde à me livrer... Non, à ce moment je pensais fuir, fuir loin de Porphyre, sans doute, mais aussi et surtout loin de Peterbourg ; loin de *cela* et de cette insupportable solitude : c'est pour cette raison que je t'ai demandé de venir avec moi, là, tout de suite, en abandonnant tout. J'avais besoin de toi et tu t'es livrée à moi, moi l'assassin, toi toute entière, sans l'ombre d'une hésitation, sans rien demander en échange... Mais qui es-tu donc, quelle force te pousse ainsi, vraiment ? Comme j'ai eu raison de te baiser les pieds !... C'est toi qui m'as sauvé, Sonia, c'est toi et personne d'autre !... Il n'y a rien de mystérieux là-dedans : avec ton amour inexplicable, tu m'as relevé quand je rampais dans la boue de mon crime... Quel mal t'ai-je fait alors, à te torturer de mes sarcasmes !...

Ce n'est tout de même pas Dieu qui a mis Marmeladov sur ma route, Dieu ne hante pas les tavernes où rôdent les ivrognes... Et puis, insinua t-il avec une lueur perverse dans le regard, ce Dieu d'amour auquel tu crois si fort aurait-il sacrifié un innocent, père de famille de surcroît, pour sauver un criminel comme moi ? »

Il resta pensif un moment, sans voir les yeux de Sonia agrandis par la douleur que lui causaient ces propos. Puis il reprit, sur un ton rêveur :

« - C'est d'ailleurs là, dans ce bouge, tout au début... Avant d'avoir commis *cela*, et alors que je ne t'avais encore jamais rencontrée, quand Semion Zakharitch m'a raconté ton histoire entre deux verres de vin, oui, c'est à ce moment-là que j'ai résolu d'aller te trouver, TOI, après *cela*, pour te l'avouer, à toi, et à toi seule !... Car je devais déposer mon Crime sur l'autel de la Misère dont je te faisais Sainte !... Mais la Providence n'a rien à y faire : dès le départ j'avais tout arrangé – et le crime, et l'aveu, et ta rencontre... Oui, je maîtrisais tout – j'avais tout calculé, tout étudié ; quand je suis descendu dans cet antre où j'ai connu ton père, je sortais de chez Alena Ivanovna, j'avais repéré les lieux, j'étais prêt pour l'acte que j'avais résolu de commettre. Et je savais déjà que nous nous rencontrerions ; cela aussi, c'était prévu... J'ai su résister à Porphyre jusqu'au bout, il n'avait aucune preuve contre moi quand je me suis livré ! J'avais gagné contre sa justice, la justice des hommes ! Tu vois, Sonia, j'étais libre quand même, librement j'ai décidé de mon destin et de celui des autres : Alena Ivanovna, Elisabeth, Dounia, Loujine, toi, Sonia, Porphyre, tous les autres... Librement je me suis dénoncé. Nul ne m'y a poussé, ni Dieu, ni le diable, Sonia !... J'ai même pu empêcher le mariage de Dounia avec ce porc de Loujine et l'ai poussée dans les bras de Razoumikhine ; cela aussi, c'était prévu depuis le début !... »

« - Crois-tu vraiment ce que tu dis ? » s'exclama Sonia, que ces propos avaient plongé dans un état d'agitation extrême.

« - Mais qui es-tu toi-même, pour parler ainsi, et pour prétendre gouverner ton destin et celui des autres ? Aurais-tu donc perdu la raison ? N'aurais-tu rien compris ? » lança t-elle avec colère, les joues empourprées et le regard flamboyant. Puis, effrayée par sa propre audace, elle reprit timidement :

« - Ne vous fâchez pas, Rodion Romanovitch, et ne m'écoutez pas si je vous ai blessé. Je ne suis en vérité rien d'autre qu'une fille publique, vous l'avez dit vous-même, et si j'ai aidé Catherine Ivanovna, c'était pour les enfants – oh, les pauvres petits...

Mais je l'aimais quand même, s'exclama t-elle à nouveau, elle n'était plus responsable de ses actes depuis bien longtemps, elle agissait et parlait comme une enfant, vous l'avez vu vous-même...Et c'est vrai, je suis vile, je me suis vendue à des ivrognes et à des barines, pour quelques kopecks qui ne pouvaient rien changer à notre misère... Mais, si j'ai vendu mon corps, j'ai préservé mon âme !... Dieu m'y a aidée, Rodia. Je sais bien que tu n'y crois pas, et je ne cherche pas à te convertir. Je t'aime tel que tu es, et c'est pour cela que je t'ai suivie, dès le premier instant. Car tu m'as élevée, tu m'as arrachée à ma condition, tu t'es agenouillé devant moi qui ne le méritais pas, quand tous me méprisaient et me crachaient au visage. Et tu me fascinais, Rodia, par ton intelligence, par tes propos que je ne comprenais pas toujours, et surtout, surtout, par ta souffrance terrible... Non, il n'y a pas là le moindre mystère : l'amour d'une prostituée, bien peu de chose en somme.
Mais comment pouvais-je croire que tu voulais de moi, moi, tu te rends compte ? » dit-elle avec un pauvre sourire qui fit mal à Raskolnikov.

« - Non, reprit-elle, l'amour dans ces conditions n'est sans doute pas un mystère... Mais laisse-moi croire à la Providence, même si tu penses que ce ne sont là que des balivernes. Car moi j'ai besoin d'y croire, c'est cela qui m'a aidé à tenir et me soutient encore, dans les pires épreuves.

Mais, Rodia, réfléchis encore : crois-tu vraiment que c'est TOI, et toi seul, qui as décidé de tout ?... As-tu vraiment eu le pouvoir de décider pour ta sœur, est-ce toi vraiment qui as chassé Loujine ? Et, si je ne pouvais que t'aimer, as-tu vraiment pensé que toi aussi, tu m'aimerais ? Avais-tu prévu cela ? Vraiment ? La femme du canal, ce n'est tout de même pas toi qui l'as poussée !... Et Svidrigaïlov ? As-tu ordonné son suicide ?... Pourquoi, pourquoi Rodia t'es-tu livré ? Avais-tu sincèrement prévu que tu te livrerais ?... Mais que pouvais-tu donc faire d'autre, mon pauvre Rodia ? » lâcha t-elle, les larmes aux yeux, en s'effondrant sur sa poitrine. La petite croix de cyprès qu'elle lui avait donnée il y avait bien longtemps déjà sortit alors de l'échancrure de son col et effleura la joue de Sonia. A cet instant un sourire fugitif, que Rodion ne pouvait voir, transfigura son maigre visage.

Elle reprit doucement :

« - Oui, Rodia, c'est vrai, je te ressemble ; je me suis livrée aux hommes par amour des autres, et par nécessité. Mais je n'ai pas cherché à m'élever au dessus d'eux, même si tu m'as placée sur ce piédestal ; et mon acte n'était ni réfléchi, ni calculé. Je l'ai fait... parce qu'il le fallait, voilà tout. Je ne le regrette pas. Si mon corps a été souillé, mon âme est restée pure ; quand ces hommes m'étreignaient, moi je fermais les yeux, je me bouchais les oreilles et je priais, priais, priais... Est-ce un péché si fort, d'amener Dieu avec soi dans la maison du vice ?... et de se traîner plus bas que terre pour quelques kopecks si c'est pour nourrir des enfants, leur épargner la rue ?... Oh, Rodia, je n'ai jamais pensé... mais toi, que peux-tu donc penser de moi ?... Peut-on vraiment aimer une putain ?... »

Sonia était effondrée, à genoux devant Raskolnikov, et de ses bras elle entourait ses jambes. Sentant la chaîne métallique qui l'entravait, elle fondit brusquement en larmes et s'écria :

« - C'est moi, Rodia, moi, moi, moi ! Moi qui t'ai poussé à te livrer, moi qui t'ai poursuivi dans la rue jusqu'au commissariat, moi, la pauvre souillon à quatre kopecks, au nom de quoi ai-je ainsi décidé que tu devais te rendre ?... Au nom de quoi m'as-tu obéi, alors que tu hésitais encore, que tu pouvais encore fuir à l'étranger, tu avais de l'argent, celui que Svidrigaïlov m'avait donné pour toi, tu aurais pu partir, m'abandonner avec tous tes fantômes, et là-bas à Paris tu aurais eu une autre vie, Rodia, tu aurais pu étudier, faire venir ta mère et ta sœur, devenir avocat, épouser une baronne, Rodia, Rodia, tu ne méritais pas cela, ce bagne, ces chaînes, ces vexations, cette haine autour de toi, non, pas cela !... Et c'est moi, moi (elle se frappait la poitrine avec son petit poing diaphane), moi la fille de rien qui t'ai ainsi poussé à choisir cet enfer !... Et tout cela au nom du Christ ! Mais quel délire était-ce donc ? ! ! Tu as raison, Rodia : je suis comme toi, plus coupable encore peut-être, car j'ai agi avec bonne conscience, et jusqu'à aujourd'hui je n'avais même pas compris cela ! Oh, Rodia, Rodia, pardonne-moi, si tu le peux ! Non, non, je ne mérite pas ton pardon : chasse-moi à l'instant, c'est moi qui ne vaux pas une phalange de ton petit doigt ! Je suis une misérable idiote, la superstition m'a égarée, mon crime est bien pire que le tien ! ...Oh, Rodia, peux-tu vraiment me pardonner ?... »

Elle levait vers lui des yeux implorants, hagards, elle tremblait de tous ses membres et ses dents claquaient.

Rodion Romanovitch n'avait pas cessé de la regarder, d'abord agacé par ses paroles, puis attendri, et enfin son cœur fut submergé d'une violente pitié, d'un sentiment d'amour débordant pour ce pauvre moineau qui se torturait l'esprit et se labourait la poitrine là, devant lui, à ses pieds. Il sentit qu'un mot de lui pouvait l'anéantir ; et aussi qu'une autre parole pourrait la relever et la rendre plus forte, ranimer la flamme intrépide qui dansait tout au fond de son âme jusqu'à la rendre indestructible. Aussi il y avait là un enjeu essentiel : de nouveau, à cet instant précis, il était face à lui-même... Emu, il passa une main hésitante sur ses cheveux blonds.

« - Non, Sonia, non ; tu n'as rien décidé pour moi. Il fallait que je me livre, que je me délivre. Tu as su me le dire alors, mais c'est bien moi qui l'ai choisi. Après mon crime, je n'ai pas trouvé la liberté et la paix ; j'ai trouvé l'enfer sur la terre. Si j'avais fui alors (et cette idée me taraudait l'esprit)... alors, un jour ou l'autre, tôt ou tard, j'aurais fini comme Svidrigaïlov.

Tu sais, Sonia, au commissariat, jusqu'au dernier moment, j'ai hésité ; l'affaire était classée, Poudre ne me soupçonnait même plus ! Tout au plus, en riant, me taxait-il de nihilisme !... Non, j'allais me taire et repartir. Alors, oui, à ce moment j'aurais dû te quitter ; non, pas te quitter seulement, fuir, m'enfuir au bout du monde ! Je n'aurais pas fui la justice de Porphyre, non ! Je m'en souciais comme d'une guigne ! Non, ce que j'aurais fui, c'eût été ton Regard ! L'implacable regard de l'innocence, le regard de la vérité, le regard de la souffrance et du sacrifice ! Je n'aurais pu le supporter, ce reflet du remords...

Tu peux te consoler, Sonia, allez, viens contre moi – je ne te quitterai pas, car j'ai maintenant besoin de ce regard-là ; je me suis délivré de mon crime, ce n'est pas toi qui m'as donné le coup de grâce.

Non, ce n'est pas toi, c'est...Svidrigaïlov ! Oui, Svidrigaïlov, le débauché, le dévoyé, le jouisseur assassin !... Aussi curieux que cela puisse paraître, et bien que ce fût un démon, j'éprouvais une sorte de sympathie pour cet homme... même si je me méfiais terriblement de lui ; il en savait beaucoup sur nous, tu sais ?... et sur mon crime : il aurait pu me dénoncer, mais il ne l'a pas fait. Pourquoi ?... je l'ignore ; il était tellement blasé, revenu de tout... mais je crois que je l'intéressais, je l'intriguais. Je n'ai pas su lui parler, l'écouter. Peut-être alors les choses auraient-elles pu tourner différemment...

Le dernier soir, nous avons eu une longue conversation, lui et moi, dans une taverne... Il y avait des petits musiciens.... Je crois qu'il attendait quelque chose de moi, quelque chose d'essentiel ; il tournait autour de Dounia, tu sais, mais au fond, ce n'est pas cela qu'il cherchait. Il ne l'aimait pas, non, pas vraiment ; il l'admirait, mais il était incapable d'aimer. Non, il se noyait, et il le sentait ; il cherchait une main sûre qui le rattrape et qui le sauve. Et ça, je n'ai pas su le deviner… Finalement, c'est peut-être lui qui m'a sauvé. Oui, lui ! Au commissariat, j'allais partir quand j'ai appris son suicide, c'est Ilya Petrovitch lui-même qui me l'a dit… Cette nouvelle m'a anéanti. J'ai compris alors quel destin m'attendait. Je suis ressorti pour respirer, et j'ai croisé ton regard. Quel regard ! C'est à cet instant-là, sous ce regard de glace et de feu, que j'ai fait mon choix. Le bagne, pour prix du rachat – ou bien fuir loin de ce regard, loin du cri des innocents, et tout au bout – la folie et la mort… . J'étais fatigué, fatigué de mentir aux autres et à moi-même ; j'ai choisi de vivre, vivre parmi les hommes avec toi, Sonia, toi, toi, toi ! »

Doucement, il la releva et la pressa contre lui. Une batterie de tambour retentit.

« - Cette fois on m'appelle, Sonia ; je dois partir. Mes pensées restent avec toi, je sais que tu m'attendras. Adieu, Sonia !

- Adieu, Rodia, dit-elle en séchant ses larmes. Si c'est vrai, que tu veux encore de moi… alors, je vivrai pour toi. »

Un chaton repu rota effrontément en les regardant de ses yeux de gentiane.

II

LES DIEUX DES ASSASSINS

De retour au bagne ce soir-là Raskolnikov resta longtemps plongé dans ses pensées, ne prêtant pas attention aux aux disputes des autres forçats. Il avala distraitement la maigre soupe aux choux trempée de pain rassis de l'ordinaire, après avoir écarté de sa cuiller les nombreux cafards qui y surnageaient. Depuis son arrivée, il était resté indifférent à son sort et n'avait pas cherché à améliorer sa condition par quelque activité rémunératrice qui lui aurait permis d'acquérir à bon prix une couverture rapiécée, voire, suprême luxe, un oreiller bourré de foin ; non, la nuit venue il s'allongeait sur le bat-flanc fait de trois planches de bois qui occupait le milieu de la pièce, simplement enroulé dans la maigre peau de mouton usée que lui avait alloué l'administration pénitentiaire. Malgré cet inconfort, malgré le bruit incessant des querelles, les exclamations des joueurs de cartes, les ronflements et les grincements, malgré l'odeur lourde, animale, mêlée d'alcool et de tabac, de la chambrée occupée par une trentaine d'hommes, il sombrait rapidement dans un profond sommeil sans rêves, et se réveillait courbatu à l'appel de la diane.

De même, il n'avait pas cherché à se lier. Les prisonniers, des hommes du peuple, éprouvaient une méfiance instinctive à l'égard des nobles, ces « beaux messieurs » dont la morgue tranquille les avait écrasés durant des siècles. Cette attitude se doublait, à l'égard de Raskolnikov, d'un sentiment de haine mêlé d'une appréhension superstitieuse : en effet les bagnards, assassins farouches, qui pour certains avaient sur la conscience des meurtres abominables, avaient été élevés dans la foi de leurs ancêtres ; et tous, même ceux qui ne respectaient plus rien ni personne depuis longtemps, vivaient dans la crainte obscure de Dieu. Un grand nombre pratiquaient tant bien que mal les rites appris dans l'enfance, observaient les fêtes religieuses, ânonnaient des prières ; cette ferveur naïve touchait parfois même au mysticisme. Toutes les religions étaient représentées au bagne : il y avait un groupe de polonais catholiques, qui se tenaient soigneusement à l'écart des autres ; de nombreux musulmans – tatars, circassiens, kazakhs ou oïghours ; d'autres, venus des fins fonds de l'Asie, pratiquaient l'hindouisme ou le Tao ; parmi les grands et petits-russiens ainsi que les ukrainiens, l'orthodoxie était répandue, mais il y avait aussi bon nombre de Vieux-Croyants. Quelques paysans sibériens suivaient même de curieuses coutumes ; leur chef spirituel était un authentique chamane réputé savoir guérir diverses maladies au prix de contorsions et de fumigations d'herbes variées accompagnées de chants psalmodiés, rythmés de coups frappés au sol.

Enfin, méprisé de tous, sujet à toutes sortes de moqueries, il y avait un juif, Isaïe Fomitch, petit homme malingre et contrefait, qui était cependant l'objet d'une étrange affection de ces hommes rudes ; sans doute du fait de ses talents de bouffon, mais aussi de son double métier d'orfèvre et de prêteur sur gages.

Tous, forts et faibles, voleurs, assassins ou vagabonds, voire prisonniers politiques – c'était le cas des polonais - considéraient Rodion Romanovitch comme un athée, un sans-Dieu, un blasphémateur. Son attitude de retrait vis-à-vis des autres détenus avait sans doute puissamment contribué à susciter ce climat, de même que son statut d'ancien étudiant venu de Saint Peterbourg la corruptrice ; déjà dans le convoi qui l'avait acheminé en trois semaines épuisantes jusqu'à sa prison, Raskolnikov avait été en butte à cette hostilité générale. En réalité son crime l'avait poursuivi, voire précédé, sur la route de la maison de force ; l'écho du double meurtre de l'usurière et de sa sœur si bonne, si croyante, le récit par les journaux de son étrange indifférence pendant le procès, tout cela avait circulé de bouche à oreille dans le milieu des forbans jusqu'au tréfonds de la Sibérie occidentale. Et surtout, surtout, sa théorie de l'homme supérieur, rival et meurtrier de Dieu, sans doute déformée et durcie par les commérages de gens incultes, avait été divulguée et largement commentée aux audiences ; devant son mutisme, les avocats et le ministère public avaient décortiqué l'article qu'il avait lui-même fait paraître autrefois dans une revue juridique, les uns y cherchant une excuse à son crime, fruit d'une imagination malade, les autres y voyant la preuve d'une préméditation froide et calculée. La presse s'en était mêlée, rapprochant ces propos des thèses nihilistes, très à la mode parmi la jeunesse, qui inquiétaient beaucoup le pouvoir ; on avait évoqué les écrits d'un anarchiste allemand, d'un assassin français....

Tout ceci était bien sûr parvenu aux jusqu'aux oreilles des bagnards, qui voyaient en Raskolnikov un nobliau dévoyé capable de tuer père et mère pour une idée, comme cet étudiant qui avait tiré sur l'empereur peu de temps auparavant. Cette impression était renforcée par le détachement hautain dont il semblait faire preuve, se tenant toujours à l'écart, évitant tout contact, la mine sombre et renfrognée, perdu dans des pensées mystérieuses.

Plusieurs incidents avaient émaillé ses premiers mois de détention. Un grand gaillard patibulaire, chef de bande condamné pour vingt-cinq meurtres, s'était jeté sur lui pour l'étrangler ; Rodion Romanovitch n'ayant pas esquissé le moindre geste de défense, et il avait fallu que d'autres s'interposent et agrippent le colosse furieux pour les séparer, moins dans le souci de l'épargner que pour éviter les complications d'une enquête et les tracas d'une fouille en règle de la chambrée.

Il y avait beaucoup à cacher, en effet : l'eau de vie, strictement interdite, circulait en quantités dans le bagne, introduite et vendue par des « cabaretiers », bagnards intrépides qui en faisaient un commerce lucratif. De l'argent aussi, amassé par les uns ou les autres à la faveur de trafics, voire gagné au jeu ; des outils nécessaires aux activités artisanales, mais qui, pouvant aisément être retournés comme des armes contre les geôliers, n'avaient pas plus droit de cité. Par contre, à part les bibles, tolérées en prison, aucun livre n'aurait pu être découvert. Les punitions étaient particulièrement sévères dans ce cas, surtout depuis que les idées nouvelles avaient séduit la jeunesse des villes ; néanmoins la plupart des prisonniers étant des paysans analphabètes nul n'en souffrait vraiment, mis à part Raskolnikov et quelques détenus politiques.

Tous n'étaient pas méchants ou agressifs à son encontre ; mais Rodion Romanovitch, dans les premiers temps, avait été effrayé par ces trognes aux crânes rasés, dont certains portaient encore au visage la marque de l'infamie, appliquée au fer rouge…. Cette coutume barbare, récemment abolie, concernait les criminels civils, et il n'y avait échappé que de justesse, grâce à la réforme de la justice qu'on venait de mettre en place. Son beau visage indompté excitait plus encore la haine de certains forçats, qui n'avaient pas eu cette chance et le considéraient avec envie. Il jouissait malgré tout d'un respect mêlé de crainte : on le sentait protégé d'une certaine manière, non par sa naissance (son père, assassiné par des serfs quand il avait neuf ans, avait été médecin militaire), mais plutôt par son intelligence et sa « bonne étoile ». Surtout, il était l'ami de Sonia, et cela, les autres le savaient.

Or ces hommes frustes, ces esprits simples et naïfs, avaient été conquis par cette petite femme frêle : les équipes qui se rendaient au travail, à la briqueterie ou à la fabrique d'albâtre ou encore à la péniche sur l'Irtych, la croisaient souvent aux abords de la citadelle ou sur les chemins. Au début sa beauté simple et fragile, son sourire, le salut qu'elle ne manquait jamais de leur adresser les attirèrent et forcèrent leur respect. En effet son attitude, franche et humble à la fois, n'était pas d'une fille facile, d'une effrontée comme il en traînait alentour telles ces marchandes de croissants dont certaines accordaient furtivement leurs faveurs aux bagnards contre quelques kopecks. Non, elle se conduisait envers eux avec courtoisie et compassion et tous sentaient que son âme était droite et pure ; sa présence, sa gaieté un peu mélancolique, sa silhouette frêle et jusqu'à sa démarche les enchantait : ils la voyaient arriver de loin, dans son éternelle robe à fleurs aux couleurs passées, comme portée par un léger souffle au-dessus de l'herbe des prés.

Peu à peu, elle avait été amenée à rendre gratuitement de menus services : de petits achats à la ville, diverses commissions. Surtout, elle avait accepté d'écrire et de poster des lettres à leurs familles ; leurs femmes et leurs maîtresses lui écrivaient, lui adressaient de l'argent (qu'elle leur remettait scrupuleusement), parfois venaient la voir et lui confiaient leurs joies et leurs peines.

Et ces hommes grossiers, voleurs, violeurs ou assassins, en étaient arrivés à lui porter une véritable vénération : quand ils la rencontraient tous ôtaient leurs bonnets et la saluaient : « Sophie Semionovna, notre petite mère tendre et compatissante ! », et ils éprouvaient une joie simple et gratuite en la voyant leur rendre leur salut d'un sourire confondant.

Ils ne comprenaient pas pourquoi ni comment elle avait pu suivre Raskolnikov, mais ils sentaient que son attachement était indéfectible et que, d'une certaine manière, un tel être, animé d'une telle flamme d'espérance, ne pouvait s'être trompé dans un choix aussi lourd de conséquences. Pour cette raison, et pour ne pas voiler de peine le doux regard de Sonia, ils furent amenés à le considérer peu à peu d'une autre manière, comme si la grâce de celle-ci rejaillissait sur lui.

Les propos violents à son égard s'estompèrent puis disparurent tout à fait ; dans le même temps, ils s'aperçurent que Rodion se redressait, s'animait et regardait enfin autour de lui d'une manière subtilement différente. C'était peu après

Pâques, au décours de sa maladie ; à son retour de l'infirmerie, certains osèrent même lui adresser la parole.

Il y avait là Vassili, un vieux-croyant de Starodoub, l'un des plus anciens condamnés du bagne, qui passait des nuits entières à prier et traînait partout son air de chien mélancolique.

Un soir, il l'apostropha :

« - Eh, toi ! Oui, toi, là, en face de moi ! Qui es-tu donc, si tu n'es ni un raskolnik, ni un Romanov ? Et qu'es-tu venu faire ici, parmi nous ? »

Raskolnikov, interdit, leva les yeux vers cet homme d'âge mûr, dont le regard était empreint de compassion.

« - Je suis venu de mon plein gré, comme je l'ai décidé ; je suis ici comme je pourrais être ailleurs, mais il fallait que je sache. Je n'ai besoin de personne pour savoir qui je suis. Es-tu satisfait ? » dit-il, avec une certaine impatience.

« _ Tu sais, Rodion, on est là tous ensemble pour longtemps ; et il en est de plus féroces que moi. Alors, pour se supporter, il faut que chacun sache qui est qui, sinon il aura peur que tu le poignarde ; et si tu ne le fais pas, c'est l'autre qui te lardera de son couteau, juste pour avoir la paix ! Tu ne m'as pas répondu : tu n'es tout de même pas envoyé par le juge pour inspecter les prisons ou par la police pour nous espionner ! Ce que je te demande, c'est simple : je sais ce que tu as fait, je ne sais pas qui tu es...

- Et que t'importe de le savoir ? Moi non plus, je ne sais pas qui tu es, et ça ne me gêne pas pour dormir ! Je n'ai pas besoin de toi... Mais de toute façon, on peut bien me poignarder ; à quoi bon poursuivre mon chemin ? Je n'ai pas ma place ici. Ni là non plus. Et comment te répondre, si je ne sais pas moi-même qui je suis ? Peut-on jamais le savoir ? Ta question n'est pas si simple ! Mais ça ne m'intéresse pas. Je viens de la capitale, tous ces rustauds me méprisent et me haïssent. Ils ne voient en moi qu'un assassin aux mains blanches, mais que sont-ils d'autres eux-mêmes ? Et faut-il vraiment avoir les mains sales, pour être un vivant parmi les vivants ? J'en ai vu quelques-uns, ils tuent pour de l'argent, pour une passion, un petit pouvoir sur les autres, de médiocres intérêts ! Et ils se recouchent satisfaits, la besogne accomplie ; comme d'autres ils ont volé, dépecé, filouté, violenté l'innocence, rien ne vient les hanter… . Mais tout ceci est bas et mesquin, je ne veux rien avoir de commun avec tout cela.

- Tu crois tout savoir, mon garçon, alors que tant de choses t'échappent ! Ces rustres, comme tu dis, ne te méprisent pas tant que cela, ils ne te haïssent pas non plus. Mais tu leur fais peur ; tu es un mystère, et ça ne leur plaît pas.

- Que veulent-ils donc savoir ?… Quel mystère y a-t-il donc à être ici, plutôt qu'ailleurs ? A être au monde, plutôt que…

- Ils ne savent pas ce que tu crois. Ce que tu crois, c'est d'où tu viens.

- Mais qu'est-ce que ça veut dire ? Quel charabia ! Faut-il donc croire en Dieu pour être un homme ? Et en quel Dieu ? Et s'il me plaît, à moi, de croire au diable ?… ou encore à moi-même ?

- Baisse un peu le ton, veux-tu ? Tu dis des bêtises. On n'est pas ici dans un cercle d'étudiants échauffés de Péterbourg ; et tu n'arriveras pas à convaincre un seul d'entre nous avec des éclats de voix. Nous sommes des gens du peuple, des paysans ; nous avons appris à nous méfier de nos maîtres, de nos femmes, de nous-mêmes et du chat ; il vaut toujours mieux se taire pour éviter les coups de bâton plutôt que d'en dire trop. De toute façon « la parole est une traîtresse ; malheur à celui qui en fait sa maîtresse ! ». Mais un homme qui ne croit pas n'est rien ; toi, tu crois en quelque chose. Je le vois bien, comme je sais deviner le temps qu'il fera, ou de quoi souffre un cheval.

- Tu veux des certitudes, hein ?... Mais que sont donc vos certitudes ?... Croire, est-ce vraiment un bloc de certitudes ? Tu crois sans doute au Christ, à la Résurrection, à la Vie Eternelle ?... Soit ; c'est ton choix, c'est ta liberté. Meurs d'abord, ensuite tu verras ; et si tu crois vraiment, pourquoi n'es-tu pas plus pressé de mourir, d'aller voir un peu comment ça se passe là-bas ?... Si par hasard tu avais tort ?... T'es-tu jamais posé cette question ?... Moi, je ne me la pose pas. Ce n'est pas cela qui me gêne. Si Dieu existe, il se cache bien. Regarde-toi, regarde-moi ! Nous voilà en haillons, en prison, au cœur de ce pays hostile, et pour un bon bout de temps ! Si vraiment nous sommes des Justes, pourquoi sommes-nous ainsi à nous morfondre et à nourrir les cafards parmi les assassins ? Pourquoi ton Jésus ne nous envoie t- il pas une cohorte d'anges pour nous délivrer ? Est-ce donc ici, la Jérusalem Céleste ? Est-ce cela le sort de ceux qui ont la vraie Foi ? Alors que là-bas, dans les palais, les boyards font table ouverte, se vautrent dans le luxe, dépensent sans compter l'argent gagné sur le dos du Peuple !... Les voilà, les vrais élus, les vrais criminels ! Ce n'est pas en brûlant des cierges dans les églises...

- Je ne brûle pas de cierge dans les églises.

- Qu'importe ! C'est bien à cela que tu crois. Mais rien ne pourra changer tant que la religion assommera les humbles et justifiera les puissants. Toutes ces superstitions sont inutiles et dangereuses ; il faut les balayer pour établir des lois nouvelles, et faire régner la vraie justice sur la terre. Et s'il faut pour cela réveiller le coq rouge de la révolte, faire tomber quelques têtes, eh bien le résultat en vaut vraiment la peine : il n'y aura plus de guerre, plus d'esclavage, plus de crime, plus de bagne, plus de misère.... Le Bonheur universel, ici et maintenant ! Là où nous sommes, c'est quand même plus tangible que l'au-delà, dont nul n'est jamais revenu nous vanter les merveilles !

- Le Christ est revenu à l'aube du troisième jour…

- Fadaises que tout cela ! Il faut brûler la Bible, le Coran, tous ces recueils de contes pour enfants !… C'est peut-être même par là qu'il faudrait commencer.

- Toi qui parlais de liberté, tu en viens déjà à la persécution…

- C'est toi qui me persécutes, toi et les autres ! « Un homme qui ne croit pas n'est rien », tu le disais tout à l'heure !… Eh bien, je ne crois pas, et pourtant je suis. Je suis même tellement que je leur ai fait peur, au point qu'ils m'ont enfermé ici, au fin fond de la Sibérie, pour ne plus me voir, ne plus m'entendre, ne plus me souffrir !

- Toi aussi, tu crois, même si ce n'est pas en Dieu. Ce n'est pas le prince qui t'a enfermé ; comme tu le disais tout à l'heure, tu l'as voulu ! C'est toi qui t'es enfermé ! et tu t'enfermes un peu plus tous les jours. Mais je suis d'accord avec toi sur un point : ce monde-ci est imparfait, c'est une vallée de larmes dominée par le Mal ; il est nécessaire de le changer. Même si nous serons consolés de nos souffrances dans l'autre monde, il nous faut dès maintenant nous soustraire à l'Antéchrist, échapper à ses persécutions et pratiquer la vraie Foi. C'est pour cela que nous fuyons dans les campagnes et dans les bois, que nous évitons les villes et les recensements, ou encore que nous refusons d'utiliser la monnaie à l'effigie du diable. Il existe même, en certains endroits tenus secrets, des villages entiers où les nôtres se sont réfugiés, où règnent la concorde et la vraie justice. Il n'y a ni riches ni pauvres, ni prison ni tribunal, et nous n'avons nul besoin de prêtres ni d'églises. Petit à petit, de proche en proche, nous investirons la Russie entière ; un jour, nous aurons chassé l'Antéchrist, et ce sera Noël sur la terre… . Alors, tu vois, ton programme, nous l'avons déjà entamé ! »

Raskolnikov, qui au début n'avait répondu qu'avec réticence à cet homme qui dérangeait sa solitude, avait senti son intérêt s'éveiller au fil de la discussion ; il savait peu de choses sur les Vieux-Croyants, et à ses yeux Vassili n'avait été jusqu'à présent qu'une sorte de vieil imbécile taciturne que l'on avait envoyé au bagne faute de mieux, pour quelques menus larcins commis pendant sa vie errante. Piqué au vif, il répondit :

« - Ce n'est pas là mon programme, bien que par certains aspects il puisse lui ressembler ; le mien est sans Dieu, ni Antéchrist d'ailleurs. Oui, on peut changer l'Humanité et la rendre meilleure ; tous ces médiocres n'attendent que cela, sans qu'il soit nul besoin du Christ ou du Mahdi ou de Vie Eternelle. Tout cela, c'est de la monnaie de singe ! Les prêtres achètent la servilité du peuple avec des mythes ! Non, pour établir la Cité idéale, il suffit qu'un homme éclairé, décidé, un vrai chef...

- ... prenne la place de Dieu, et édicte sa propre Loi ?... glissa Vassili, en souriant malicieusement. Y crois-tu vraiment toi-même, Rodion Romanovitch ?... Tout cela me paraît bien illusoire, vois-tu ; car nul homme, si grand, si éclairé soit-il, ne peut prétendre à la Justice Universelle. Non, il n'y a pas de justice sur la terre ; chacun est emporté par ses passions, les juges sont toujours du côté des puissants. Ce n'est pas, ce ne peut être l'amour qui les guide ; c'est l'intérêt, c'est le respect du pouvoir et de l'ordre établi. Un crime est commis, c'est un trouble dans la société qui risque de remuer le peuple, et par là de gêner l'ordre du royaume et le cours des affaires. C'est pourquoi il faut, et vite, trouver un coupable et le châtier. C'est aussi pourquoi, la plupart du temps, on prend ces coupables dans le peuple lui-même : dans une société dominée par le Mal, il faut bien que le vice vienne de quelque part ; et, comme il ne peut venir d'en haut.... Le crime est une transgression ; il remet en cause la théocratie, qui n'a pas su l'empêcher. C'est l'expression de la révolte d'un seul contre l'ordre des possédants. Le crime appelle le crime : s'il reste impuni, d'autres suivront ; s'il est réprimé, c'est au prix d'un crime d'Etat.

- Je t'écoute, Vassili, et je crois entendre les discours des nihilistes de la capitale. Où donc as-tu appris cela ?... Ce ne sont pas là les mots d'un homme du peuple, encore moins d'un religieux !...

- Eh oui, Rodia, tu as encore beaucoup à apprendre ; la réalité est plus complexe que l'apparence. Disons que j'ai beaucoup voyagé ; beaucoup écouté, aussi. Mais tout ceci est écrit depuis très longtemps, dans l'Evangile ; « Rendez à César... ». La différence, c'est que les nihilistes pensent naïvement qu'il suffit de déposer l'empereur et de proclamer une Constitution pour que le tour soit joué ! Il ne suffit pourtant pas qu'une loi proclame : « Ce qui était noir sera blanc ; ce qui était blanc sera noir » pour renverser le cours des choses. Nul ne le peut ; nul ne le pourra jamais. La dictature du peuple ne vaut pas mieux que celle d'un tyran unique ; seule la Loi de Dieu est bonne, car elle est fondée sur l'Amour, sans lequel aucune justice ne peut exister.

- Je ne peux pas te suivre jusque là ; vous autres les croyants vous prêchez la résignation. Mais le crime existe, et, s'il est le fruit d'une protestation, c'est parce que la société repose sur de mauvaises bases. Oui, c'est bien la société de domination qui sécrète le crime ; et cette société universellement répandue, si Dieu « créateur de toutes choses » existe réellement, eh bien, c'est quand même lui qui l'a voulue ! Comment un « Dieu d'amour » peut-il vouloir le martyre d'un enfant ?...

- ... Ou celui d'une vieille usurière ?... »

Brusquement stoppé dans son élan, Raskolnikov accusa le coup. Il pâlit affreusement, ses poings se serrèrent. Il fixa intensément son interlocuteur, cherchant à lire dans son regard. Mais il n'y voyait qu'une question, lancinante et abrupte, certes, mais sincère. C'était là un point essentiel, il le savait. C'était peut-être même la seule question, il le sentit en un éclair. Il reprit, d'une voix blanche :

« - C'est là un autre débat. Il y a un prix à payer pour renverser le vieux monde. Il faudra nécessairement user de violence, car ceux d'en face, les oppresseurs, se défendront bec et ongles pour conserver leur pouvoir. Et, si cette violence doit aller jusqu'au meurtre, eh bien… pourquoi pas ?…

Tu parlais tout à l'heure de l'Antéchrist : selon vous, les Vieux-Croyants, c'est lui, le prince de ce monde ? C'est bien lui, n'est-ce pas, qui nous gouverne ?… Qui écrase la Sainte Russie, et nous empêche d'établir la Cité de Dieu?… (Vassili, décontenancé, opina du chef). Eh bien si tout cela est vrai, doit-on le traiter avec les mêmes égards que ses victimes ?… Doit-on vraiment lui faire une place dans notre sanctuaire, et le fêter comme un fils prodigue ? Peut-on croire vraiment en sa bonté, en son humanité, peut-on lui pardonner et l'embrasser sur la bouche ? Au nom de quoi ? De l'Amour Universel ?… Et que fera t-il, pendant ce temps ? En admettant que le Bien finisse par triompher ?… Restera t-il inerte ? Tombera-t-il à genoux en implorant notre pardon pour ses crimes passés ? Il ricanera plutôt et nous poindra le dos, au moment de l'accolade !… L'Antéchrist et ses suppôts ne méritent aucune pitié ; il faut les tuer sans remords et briser leurs idoles : l'argent, le pouvoir, la propriété, la religion, la morale… Tout cela est dépassé, tout cela doit disparaître, il ne peut y avoir de répit pour les tenants du Mal. Il faut les anéantir, sans faiblesse ni remords. Non, on ne peut pas comparer l'odieux assassinat de l'innocente violée avec le juste meurtre de la vieille usurière !… Et qu'on ne me parle pas d'humanité : il n'y en a aucune chez ces êtres dénaturés … »

Raskolnikov était sincèrement indigné, il parlait avec emportement. Dans la chambrée, plusieurs forçats s'étaient assemblés en cercle pour suivre ce dialogue enflammé. Il y avait là trois frères, des tatars du Daghestan, dont le plus jeune, Ali, qui n'avait pas vingt-deux ans, et paraissait plus jeune encore, avait déjà manifesté sa sympathie pour

Raskolnikov. Tous trois écoutaient avec attention ; puis Ali intervint, avec ses mots simples :

« - Je t'écoute, Rodia, et je ne comprends pas : tout à l'heure, tu parlais comme le Prophète, et tes yeux lançaient des flammes contre l'Antéchrist. Et maintenant tu parles de supprimer la religion, la morale…

Tu sais, Rodia, mes frères et moi sommes des criminels : nous avons tué un riche marchand arménien sur la route avec tous ses compagnons, pour le dépouiller de ses richesses. Mais si nous avons fait cela, c'était pour dépenser son or, pas pour le jeter à la rivière, et nos âmes avec !… Maintenant avec mes frères nous avons été pris, nous devons expier ; notre pauvre mère, qui a perdu tous ses fils, est morte de désespoir. Elle n'a pourtant rien fait, elle !…

Et puis, une nuit, je l'ai vu en rêve, Issa ton prophète, tu sais, celui qui a prêché l'amour : il était sur la croix, son cœur saignait, les épines lui blessaient la tête ; il m'a parlé. A moi, Ali, pauvre assassin, à moi il parlé, lui, le grand Prophète ! Et il m'a dit :

« - Va en paix, Ali, car j'ai vu ton remords et, au nom d'Allah, je t'ai pardonné »

Et à ses pieds, à genoux devant la croix, il y avait ma mère, ma pauvre maman, et elle pleurait en lui baisant les pieds.

Alors Rodia, peux-tu vraiment rejeter cet amour-là ?… Et puis tu sais, Issa, il m'a dit d'autres choses, très belles :

« - Pardonne, aime, n'offense pas, aime ton ennemi »

Pourquoi ne pas pardonner à ceux qui sont riches, à ceux qui nous prennent tout, à ceux qui nous humilient ?… A eux aussi, il faut accorder une place dans notre cœur. Car ils sont aveuglés par l'éclat de l'or, la passion du pouvoir, le démon du sexe ; mais ils en souffrent, eux aussi sont des hommes. Et si le sort nous donnait d'un coup la richesse, le pouvoir ou la gloire, pouvons-nous affirmer que nous n'en abuserions pas tout comme ils le font ?

Moi j'ai pardonné à ceux qui m'ont fait du mal ; à ce marchand qui nous a tentés avec ses richesses, aux gendarmes qui nous ont arrêtés, aux juges qui m'ont condamné, à mes frères qui m'ont entraîné dans ce crime….

Toi aussi, Rodia, tu dois écouter Issa »

Les deux frères d'Ali approuvaient ses propos en hochant la tête. Avec de beaux sourires graves et bienveillants ils confirmèrent qu'Issa était un grand prophète qui avait accompli des merveilles comme par exemple d'avoir donné vie à une colombe d'argile façonnée de ses mains.

Ali jubilait : alors que d'habitude ils le traitaient comme un enfant, ses frères lui avaient fait l'honneur de prendre ses paroles au sérieux, et de les appuyer devant Raskolnikov !

Celui-ci, conscient de cela, ne voulut point le chagriner en le contredisant. Et de fait, l'enthousiasme naïf d'Ali était irrésistible, Rodia lui-même se sentait attendri.

« - C'est vrai, Ali, Issa était l'un de ces grands hommes qui ont su infléchir la marche de l'Humanité. Mais s'il a prêché l'amour du prochain, il a aussi critiqué le pouvoir de Rome, on l'a jugé et condamné comme agitateur et blasphémateur. Il a aboli les rituels anciens et condamné l'ancienne religion des juifs…

- … nous y voilà enfin ! » s'exclama ironiquement Isaïe Fomitch, qui avait rejoint le cercle des auditeurs.

« - Je le savais bien, qu'on finirait par y arriver : ils s'y entendent bien, tous, à faire retomber le mal sur le dos des juifs !... Et voilà la suite : ce sont les chefs religieux du Sanhédrin qui ont condamné Jésus, qui ont demandé à Pilate de le crucifier. Et c'est le peuple rassemblé qui a préféré qu'on libère Barabbas plutôt que le Blasphémateur. Peuple déicide, nous l'avons réclamé, « que son sang retombe sur nous et sur nos enfants ! ». Et c'est pour ça qu'aujourd'hui encore on nous méprise, on nous pourchasse, on nous crache au visage, on nous accuse de tous les vols, de tous les crimes ! Et qu'on nous empêche d'être fonctionnaires, d'envoyer nos enfants à l'Université !... On nous parque dans des quartiers réservés, on nous interdit certaines villes, on nous refuse l'accès à la plupart des professions, et ensuite on nous reproche d'être marchands, orfèvres, prêteurs sur gages ! Oï veï ! On nous accuse d'affamer le peuple, de gruger la veuve et l'orphelin, de pratiquer des rites barbares, d'enlever des enfants chrétiens pour les sacrifier à Yahvé lors de nos sabbats ! Malheur sur nous ! On nous traite comme des chiens, on nous chasse à coups de savate, et pourtant quand on a besoin de nous on nous caresse, on nous cajole, on nous encense !

« Isaïe Fomitch, fabrique-moi donc une belle broche pour la comtesse V..., le cher ange ! Ce que tu as de plus beau et de plus cher ! » ; « Isaïe, mon bon ami, prête-moi donc mille roubles, j'ai une dette de jeu ! Sinon, je serai déshonoré ! ». Aïe aïe aïe ! Que feraient-ils sans nous ?... »

Isaïe Fomitch, qui avait le sens du comique, avait déclamé sa tirade sur un ton plaisant et larmoyant, forçant sur son accent et sur les mimiques, se tordant les mains, se frappant la poitrine... Tous éclatèrent de rire, même Rodion Romanovitch.

Isaïe reprit, en se balançant d'arrière en avant, les mains croisées sur la poitrine :

« - Malheur à toi, peuple d'Israël ! Tes enfants sont dispersés aux quatre coins de la Terre, et partout, partout, ils sont persécutés ! Nous autres, pauvres juifs, nous errons par les chemins sans faire de mal à personne, et partout on nous chasse ! Le temps viendra, bientôt, où nous ne pourrons plus aller nulle part, où l'on nous accusera des pires crimes ; on nous molestera, on nous dépouillera de nos biens, on brûlera nos maisons et nos synagogues et à la fin on nous pendra à la croisée des chemins, sans autre forme de procès ! Ce temps est proche, il arrive, je le sens, oui, je le sens dans tous mes membres, par tous les pores de ma peau, par les songes qui égarent mon esprit !

Adonaï, Adonaï, qu'avons-nous fait pour mériter cela ? En quoi t'avons-nous offensé ?... Toujours, depuis plus de cinq mille ans, nous avons respecté ta Loi ! Nous avons rompu le pain azyme, nous t'avons offert des sacrifices, nous t'avons érigé un Temple, nous avons élevé nos enfants et nos petits-enfants dans la Tradition, et voici que ta Colère se déchaîne sur nous, tes enfants chéris, ton peuple élu !

Oï veï, Adonaï, j'implore ta clémence sur tous les pauvres juifs, spécialement ton pitoyable serviteur Isaïe Fomitch injustement jeté au bagne, qui gémit dans les fers ! »

Il s'effondra en sanglotant. L'hilarité générale avait cédé la place à la perplexité puis à la consternation. On l'entoura, on le plaignit, Vassili le releva doucement avec des paroles de réconfort ; rapidement rasséréné il se remit à plaisanter, entraînant le groupe dans un autre coin de la pièce, tandis que Raskolnikov, songeur, s'abîmait dans ses pensées.

Après une longue méditation, il s'enroula dans sa peau de mouton, et sombra dans un profond sommeil.

III

LE RÊVE DU CHEVAL

Cette nuit-là Raskolnikov fit un rêve troublant. Il ressemblait à s'y méprendre à celui qu'il avait eu dans un buisson où il s'était lourdement laissé tomber sur Petrovski Ostrov, l'avant-veille de *cela*. Mais la conclusion, de même que certains détails, en différait de manière subtile. Il est arrivé à la plupart d'entre nous de rencontrer cette sorte de songe récurrent ; son déroulement, qui traduit une obsession généralement intime, se répète à l'identique, indéfiniment et à chaque occurrence (devrait-on dire attaque ?) du rêve. Alors qu'ici le lecteur va pouvoir apprécier les modifications du songe et les transpositions du réel ; ainsi l'apparition de personnages inconnus, mais très précisément définis, et les allusions à des situations que tous, y compris le rêveur, *ignorent encore* ; nous nous situons là dans la catégorie controversée et sulfureuse du *rêve prémonitoire*, qu'un esprit rationaliste comme celui de Rodion Romanovitch ne peut encore admettre en aucune manière, à ce stade de son cheminement personnel.

Dans l'ancien songe il avait sept ans et, un soir de fête à la sortie du village il était passé devant une auberge où l'on donnait une kermesse. Il était en route pour le cimetière avec son père (qui vivait encore) ; ils allaient s'y recueillir sur les tombes de sa grand-mère, décédée depuis longtemps déjà, et de son frère aîné, mort deux ans plus tôt. Soudain du cabaret bondé était sortie une troupe de jeunes gens éméchés menés par un certain Mikolka ; très excités, ils s'étaient mis à fouetter et à martyriser une jument efflanquée attelée à un grand tombereau (de ceux que l'on utilise pour le transport de marchandises ou de tonneaux de vin), sur lequel tous étaient montés. Mikolka (devenu Ivan) voulait à toute force emmener la compagnie en promenade et faire galoper la bête. Le petit garçon, épouvanté par le traitement infligé au « pauvre petit cheval » comme il l'appelait, avait faussé compagnie à son père ; en larmes, le cœur soulevé, il s'était planté face à l'attelage tandis que deux garçons ivres, armés de fouets, s'étaient placés de part et d'autre, devant lui, pour cingler les yeux de la haridelle (celle-ci avait eu le tort, dans un mouvement de révolte dérisoire, de se mettre à ruer). La silhouette noire et immense d'Ivan, dressé à l'avant du chariot, brandissant une chambrière, se détachait à contre-jour sur le crépuscule rouge qui embrasait les bois, faisant flamboyer le toit vert et le bulbe doré de l'église du cimetière proche. Une barre nuageuse rose tendre striait le ciel en diagonale ; une mousse de la même nuance rosâtre s'échappait des naseaux de l'animal, qui piétinait sur place et courbait l'échine dans un effort désespéré pour faire décoller la charrette. C'est à ce stade que le rêve commençait à diverger vraiment.

Ainsi juste avant de héler ses deux « aides » Ivan avait appelé son amie qui se tenait dans la foule et grignotait des noisettes en plaisantant, aux premières loges de ce spectacle pitoyable.

« - Jésabel ma douce colombe, monte toi aussi, viens donc m'aider à corriger cette rosse ! Bon sang, je vais la crever ! »

De même, l'apparence physique de cette dernière avait changé : si elle portait la même robe de fête en cotonnade rouge, maintenant ornée à la taille d'une large ceinture brodée de fils d'or, les mêmes bottes et la même coiffe de perles multicolores, elle avait rajeuni et considérablement embelli : il s'agissait d'une mince jeune femme au teint pâle, à la longue chevelure noire et ondulée, aux yeux noisette (comme celles qu'elle croquait toujours de ses dents charmantes, remarqua Raskolnikov avec cette étrange sensation onirique de détachement).

Sans se faire prier, elle s'élança en riant pour enjamber le marchepied ; sa robe, un instant retroussée, révéla un court instant une jambe épaisse (voilà qui dépare singulièrement sa beauté, remarqua le rêveur). Son arrivée fut saluée par quelques accords de balalaïka et une chanson grivoise.

Ondulant des hanches et riant toujours, la tête renversée en arrière, Jésabel s'approche d'Ivan et se coule lascivement autour de lui en lui glissant quelques mots à l'oreille. Bien que cela soit impossible, le gamin l'entend distinctement murmurer : « Tout à l'heure, mon Ivan chéri, je te montrerai mon Kama Soutra ! ».

Elle est rose de plaisir, ses yeux brillent, tandis qu'Ivan, hagard, lui tend le fouet et se retourne pour ramasser un lourd brancard qui traîne là, dans le fond de la carriole. Des deux mains, il le saisit par un bout et le brandit au-dessus de la jument, ahanant sous l'effort.

Dans la foule certains commencent à protester ; ainsi un vieillard chenu, à barbe blanche :

« - Ce n'est pas une croix que tu dois porter, mais la marque du démon ! »

Ivan réplique dans un ricanement :

« - Je fais ce qui me chante ! Elle est à moi, cette vieille carne, c'est ma propriété ! Je peux l'étriper de mes mains si je veux, nul n'a le droit de m'en empêcher ! »

L'enfant est toujours là, paralysé, face au bourreau. Ses yeux croisent trois regards : celui sanguinolent et incroyablement doux de l'animal ; celui d'Ivan, furieux et égaré ; et celui, de braise froide, de la goule à ses côtés, dont le rire à gorge déployée dévoile les dents carnassières.

Tous trois fixent le garçon ; les yeux d'Ivan, qui roulent dans ses orbites comme ceux d'un dément et dont le blanc phosphoreux luit dans la pénombre glauque, ne cessent de revenir à Rodia, emplis d'effroi en le voyant ainsi immobile, inébranlable.

Le regard de la bête semble le seul humain ; mais, curieusement, et malgré la souffrance infinie qu'il exprime, une sorte de reconnaissance paraît s'en dégager.

Celui de Jésabel enfin, qui malgré son rire incessant et ses gestes voluptueux, reste rivé sur le sien : deux flaques d'une boue insondable, et l'enfant y devine, derrière la contrariété, une cruauté, une haine effrayantes, qui altèrent sa joie satanique.

La scène se déroule comme au ralenti : les gestes sont suspendus, les sons hachés ; une voix chevrotante lui parvient de très loin, qui demande : « qui voulez-vous que je relâche ? » ; et la foule crie lentement, par saccades pulsatiles :

« - bar-ab-bas !

    BAR-AB-BAS !

    BAR-AB-BAS ! »

Alors que le brancard commence à s'abaisser sur la jument, Rodia est atteint au visage par le fouet de l'un des acolytes ; insensible, il ne réagit pas.

« - Le pauvre petit, il faut l'ôter de là ! », s'exclame une femme, tandis que le vieillard qui avait protesté tout à l'heure empoigne le garçon et essaie de l'entraîner à l'écart.

« Je n'y arrive pas, il est trop lourd ! », s'écrie le vieux. Un jeune homme robuste s'élance et le saisit à la taille de ses deux bras, mais il ne réussit pas à le faire bouger d'un pouce.

« - Je n'y comprends rien, on dirait qu'il pèse une tonne ! », crie t-il à la cantonade, tandis que les rires et les quolibets fusent.

Pendant ce temps le coup, dans un fracas terrible, s'est abattu, au milieu des sifflets et des cris de plaisir. L'enfant croit sentir la violence du choc sur son propre dos ; la tête lui tourne, il se met à vaciller et s'effondrer peu à peu.

Cependant la rumeur et les chants ont cessé brusquement ; un silence pesant s'est installé, bientôt rompu par des exclamations de stupeur, puis d'effroi. Dans un effort surhumain contre l'engourdissement qui l'a saisi, Rodia se redresse et ouvre les yeux. Alors qu'il s'attend à découvrir le petit cheval écrasé au sol et agonisant, baignant dans son sang, il le voit qui se relève, narines fumantes, et se métamorphose peu à peu en un immense destrier immaculé, plein de force et de vigueur, trois fois plus haut qu'Ivan lui-même.

D'un mouvement de ses antérieurs énormes, il renverse les deux jeunes gars qui, l'instant d'avant, s'acharnaient encore ; et ceux-ci, la poitrine défoncée, geignent et se tordent de douleur dans la poussière grise qui colle à leurs plaies béantes. Ivan, Jésabel et les passagers de la charrette sont pétrifiés, tandis que les spectateurs épouvantés s'enfuient à toutes jambes ou tombent face contre terre.

Le petit garçon, abasourdi, entend le cheval qui lui dit, d'une voix étonnamment douce : « Viens, Rodia ; monte sur mon dos et tiens-toi bien à ma crinière. Ils voulaient galoper ; eh bien, ils vont être servis ! Et à toi, je montrerai des merveilles. »

A peine a-t-il sauté, d'un bond dont il ne se serait jamais cru capable, que le coursier, sans effort apparent, bande tous ses muscles et part à une folle allure, entraînant derrière lui la carriole dont les occupants, revenus à eux, poussent des glapissements effrayés.

Terrorisé Ivan s'est jeté au fond de la remorque et, recroquevillé sur lui-même, il pleure chaudement en appelant sa mère. Seule Jésabel reste dressée et regarde crânement devant elle, faisant mine de guider l'attelage, tout en jetant parfois un oeil furieux sur l'enfant.

Les sabots s'abattent sur le sol à un rythme effrayant, sonnant sur le pavé et faisant jaillir des gerbes d'étincelles ; c'est l'heure, entre chien et loup, où l'imagination donne naissance à toutes sortes de visions fantastiques qui défilent à toute allure : masques grimaçants, sorcières, babayagas, monstres hurlants se succèdent dans une farandole endiablée, tandis que des ricanements grinçants semblent provenir d'un essieu mal graissé du tombereau. Maintenant on n'y voit plus goutte ; une nuit sans lune est tombée, les hallucinations de cauchemar se fondent dans l'obscurité, mais soudain, alors que tous commençaient à reprendre leur souffle et leur sang-froid, voici qu'un abîme s'ouvre devant eux, laissant échapper des flammes surmontées d'une nuée ardente. L'équipage se met à flotter au-dessus de cette géhenne, d'où montent des vapeurs méphitiques. Sentant brutalement le sol se dérober, les passagers se sont redressés et contemplent le vide, muets d'horreur. Rodia se retourne et les regarde. Ils ont considérablement vieilli, et leurs visages aux caractéristiques marquées se gravent dans sa mémoire.

Ivan est devenu un vieillard au crâne dégarni, dont le sommet chauve est entouré d'une couronne déplumée de cheveux blond-roussâtres, à la teinte sale. Ses petits yeux bleus un peu louches sont profondément enfoncés dans des orbites creuses, son nez busqué surmonte une bouche molle de dépravé. De son ancienne splendeur ne subsistent que la haute taille – voûtée par l'âge – et les larges épaules, désormais affaissées.

Jésabel, qui persiste à plastronner en riant d'un rire de gorge un peu rauque, a empâté, surtout du visage, devenu une masse gélatineuse et blanchâtre. Son corps trapu s'est alourdi ; c'est maintenant celui d'une robuste paysanne de la maturité. On y reconnaît néanmoins encore les vestiges de sa beauté passée ; et surtout, surtout, la méchanceté moqueuse, l'intelligence du mal et l'appétit de pouvoir suintent plus que jamais de ses yeux bourbeux.

« - *Eh bien, mon vieux corbeau*, dit-elle, en français, s'adressant à Ivan, *tu ne dis rien ? On dirait que tu as peur ?*[1] »

Celui-ci, tremblant comme un vieillard podagre, tente d'articuler quelques mots de sa voix veule, mais seuls des sons incohérents franchissent ses lèvres.

« - Et toi, mon mignon banquier rose ?... Et vous tous, mes obligés, mes débiteurs, mes faux amis ? Toi, « la verge molle », et toi, vieux grigou ? Et vous, mes financiers, toi, Loujine, toi, Tchebarov ?... Vous aussi, vous vous taisez ? Même toi, la vieille pie, tu ne jacasses plus ?... Ma commère, tu t'y entendais bien pourtant, autrefois, pour réclamer ton dû....

Alors, vous tous, vous ne voyez donc pas qu'il nous mène tout droit en enfer, ce sale petit garnement ?... Nous y sommes déjà, et vous ne dites rien, et vous ne faites rien ?... Mais réagissez donc, avant qu'il soit trop tard ! Saisissez-vous de lui et jetez-le à bas ! Balancez-le au diable, qu'il crève donc, qu'il aille rôtir à notre place !... Je tiens les rênes de ce cheval fou ; si on se débarrasse du môme le sortilège sera brisé, je saurai le maîtriser et nous ramener à nos « petites affaires » !

Alors, plus personne ?... Quel courage ! » Et, de fait, nul ne réagissait : tous étaient médusés, stupides ; les têtes chenues

---

[1] En français dans le texte

dodelinaient et se courbaient, honteuses, cinglées par la harangue. Grinçant des dents, Jésabel s'écria :

« - Vraiment, vous êtes bien tels que je l'ai toujours su ! De vils courtisans, des intrigants sans tripes, de pâles ectoplasmes ! Vous ne valez pas une once de l'or que je vous ai distribué ni des honneurs dont je vous ai parés ! De pauvres types sans couilles, oui ! Et toi, Galena Mikhaïlovna, poissarde avide et imbécile ! Oui, je l'ai toujours su, que vous n'étiez tous que de la merde puante ! Mais, ce qui me console, c'est que ce n'est pas pour vos petites gueules enfarinées que j'ai agi ainsi. Non, c'est pour servir mes chefs, parfois ; pour les trahir, souvent ; pour moi, toujours !... Quelle n'est pas devenue ma puissance ! Tous viennent ramper à mes pieds !

Et ce gamin, au fait : qu'on lui coupe la tête ! Allez, allez ! »

Elle tempête, elle crie, bave, frappe du pied, les poings serrés. Mais personne ne bouge. Tous regardent ailleurs, ignorant l'insulte.

« - Puisqu'il n'y a personne pour le faire, je vais m'en charger moi-même ! »

Empoignant la chambrière, elle lève le bras, s'apprêtant à frapper l'enfant.

A ce moment, l'attelage fit une embardée pour éviter une montagne noire hérissée de piques dont l'éclat métallique luisait, sinistre. Sous la secousse le timon du chariot se désarticula et les lanières de cuir se brisèrent net sous la tension brutale.

Le cheval brusquement libéré fit un bond immense, et Rodia vit s'abîmer au loin le tombereau et ses occupants, qui chutèrent avec des hurlements d'épouvante et allèrent s'empaler sur les hallebardes. Il entendit, couvrant le tumulte, le rire dément de Jésabel, qui hoquetait en criant « Kama Soutra ! KAMA SOUTRA ! ».

Après avoir repris pied de l'autre côté du gouffre ils galopèrent encore un bon moment ; l'aurore s'était levée dévoilant une forêt de bouleaux argentés, nimbés de tendres nuances de rose et de bleu, dans une brume légère qui montait doucement du sol. Ils trottaient calmement dans l'odeur fraîche de feuilles humides et de champignons, puis la monture s'arrêta bientôt à l'orée d'une grande clairière, baignée d'une douce clarté.

Le petit garçon mit pied à terre, et le coursier lui dit :

« - Va donc te désaltérer à cette source, là-bas, tu dois être assoiffé. Tu peux manger sans crainte les baies et les fruits que tu vois autour de toi. Ensuite je t'emmènerai en d'autres lieux, et tu verras d'autres merveilles ».

Raskolnikov se réveilla en pleine nuit, brisé par ce songe. Il éprouvait une sensation d'étrangeté liée à l'évocation de souvenirs de son enfance mais aussi d'autres éléments et personnages qui ne lui rappelaient rien de connu. Le fait que le « rêve du cheval » lui soit apparu une première fois juste avant son acte, le troublait profondément. Il ne voyait aucune signification claire à tout cela mais il sentait que des clés importantes devaient se trouver là. Il finit par se rendormir, et s'abîma dans un sommeil profond.

Le lendemain pendant les diverses étapes de sa journée il ne cessa d'y réfléchir, tandis que des visions obsédantes le hantaient. Lorsqu'il revit Sonia ce soir-là il y pensait encore. Mais il n'eut pas le loisir de lui en parler ; en effet, celle-ci était porteuse d'une lettre de Dounia. Il la décacheta fébrilement et se mit à lire.

« Rodia chéri, écrivait-elle, Sonia nous a écrit au sujet de ta maladie et tu n'imagines pas quelle angoisse cette nouvelle nous a causée, à Dmitri Prokofiévitch et à moi-même. Tu dois bien te soigner, petit frère, et cesser de te négliger : ta santé, ta vie nous sont précieuses plus que les nôtres, et nous avons tous besoin de toi.

J'espère que nous apprendrons très vite que tu t'es rétabli et que tu sors enfin de cette neurasthénie qui te ronge. Tu ne dois pas te laisser miner par le remords ; ce que tu as fait, eh bien, tu l'as fait, et tu avais tes raisons pour le faire, même si elles étaient mauvaises, et même si rien ne peut justifier un tel crime. Je te parle franchement et sans ambages. Je ne cherche pas à te faire la morale, ni à te donner quitus devant Dieu et devant les hommes ; mais simplement à t'aider à voir clair en toi et à sortir de tes contradictions. A cette époque, tu étais sous l'emprise d'un ébranlement nerveux causé par la faim, les privations et la solitude ; là-dessus toutes ces idées nouvelles qui circulent à Péterbourg dans les cercles étudiants sont venues fermenter dans ton esprit, et ton orgueil t'a poussé à aller jusqu'au bout de ce que d'autres n'osent accomplir. Je ne peux pas dire que je sois fière de toi ni que je t'approuve, mais nous sommes de la même race toi et moi, je ne puis renier cela. J'ai beaucoup réfléchi depuis le procès, ton départ, la mort de maman, et nous avons souvent parlé de toi avec Razoumikhine : désormais je pense mieux comprendre ce qui s'est passé et quel raisonnement pervers a pu t'amener à commettre un acte aussi funeste.

Mais maintenant tu dois oublier tout cela ; pour y parvenir tu dois te repentir, pleinement et sincèrement, c'est le seul moyen pour toi de te décharger de ta faute et de redevenir ce que tu es. Mais là aussi gare à l'excès : je te connais, mon Rodetchka, et je sais de quelle démesure tu peux être capable ! Le véritable repentir ne peut être guidé que par l'amour de l'autre, non par la haine de soi. Tu dois en arriver à haïr ton crime, à aimer tes victimes. Je sais, ce sera terriblement difficile pour toi : reconnaître à quel point tu t'es trompé, accepter l'humanité d'Alena Ivanovna, implorer son pardon !... Comme tu vas me détester, en lisant cela ! Mais il le faut, et je suis probablement la seule à pouvoir te le dire : car je suis et serai toujours ta grande sœur attentive et aimante, et aussi parce que tu vaux infiniment mieux que tout ce que tu peux croire.

Tu as vu clair en moi, et je t'en serai reconnaissante jusqu'à la fin des temps. Oui, c'est vrai, je m'apprêtais à épouser ce Loujine par esprit de sacrifice, pour te sauver, toi, mon Rodia, de toute cette misère... Et puis c'est vrai aussi, c'était d'un orgueil fou, de me vendre pour te racheter ; tu vois, nous sommes deux criminels, mais toi, tu as su me deviner et m'arrêter à temps, alors que moi, je n'ai rien vu, je n'ai rien su, et maintenant tu es là-bas parmi tous ces assassins, toi, mon Rodetchka ! Tu vois, c'est toi qui m'as aimé le plus fort en brisant ces fiançailles contre nature et en m'adressant ce cher Razoumikhine, ton meilleur ami ! J'en suis même à me demander si ce n'est pas l'imminence de ce mariage qui t'a poussé à commettre cet acte insensé sans plus attendre ... Oh, Rodia, mon cher Rodia, jusqu'où as-tu été, par amour pour ta pauvre sœur, cette ingrate qui n'a pas su comprendre à quel danger mortel tu allais t'exposer ! C'est moi qui devrais être à ta place, mon crime est bien plus grand que le tien ! Aussi ai-je beaucoup à me faire pardonner, et d'abord, de ne pas t'avoir assez aimé... Et pour cela, j'ai besoin de toi, plus que jamais ! Sauras-tu un jour me pardonner ?... J'attendrai ton retour, patiemment et sans relâche, je veillerai la nuit sous la lampe et mon âme ne trouvera pas de repos tant que je ne t'aurai pas revu, tant que je n'aurai pas séché tes larmes et apaisé tes blessures !

En attendant cet instant béni il nous faudra être forts, et cela, nous savons l'être toi et moi, n'est-ce pas ?... Huit ans, ce n'est pas si long, il te reste une vie entière à construire !

Et puis, tu sais, ton temps pourrait être abrégé : nous avons revu Porphyre Petrovitch depuis notre mariage ; et aussi Zametov. Non, non, ne te fâche pas : tu l'as mal jugé, souviens-toi comme tu souffrais, tu n'avais plus le sens commun. C'est un homme très bon, très juste, très pénétrant.

Et s'il t'a poursuivi avec tant d'opiniâtreté, c'était pour t'aider à reconnaître tes erreurs et à les dominer. Ils t'auraient pris de toute façon ou bien tu te serais supprimé, étouffé par les remords, comme cet infortuné Svidrigaïlov. Oui, oui, j'ai bien écrit « infortuné » ! Comment, ce démon, cet assassin, cet ogre, ce tourmenteur qui voulait me violer, j'en arriverais donc à le plaindre ?... Oui, Rodia, tu le vois : c'est cela, la compassion. Car c'était un homme lui aussi, et malgré tout j'avais appris à le connaître ; je l'avais senti doué d'une véritable intelligence, et même d'une sensibilité hors du commun. Il m'aimait sincèrement, je crois, bien qu'à sa manière destructrice... Il s'est perdu lui-même, par désœuvrement ; le jeu, les mauvaises fréquentations ont perverti son esprit, il n'a pas su brider ses sens, maîtriser ses instincts. Avec sa fortune, il pensait pouvoir acheter les corps ; au moins ne prétendait-il pas acheter les âmes comme Loujine, ce financier sans cœur.

Mais désormais je lui ai pardonné. Le suicide est le plus terrible des châtiments, qui nous prive à la fois de la vie terrestre et de la Vie Eternelle. Aucun homme, fût-il le pire des criminels, ne mérite cela. Voilà où peut mener la haine de soi, contre laquelle je veux te prévenir ABSOLUMENT.

Revenons à Porphyre : un jour, je l'espère, tu sauras reconnaître à quel point il t'a été utile. C'est en grande partie grâce à lui que tu es VIVANT aujourd'hui. Grâce à Sonia, aussi. En te poussant à te livrer, il t'a protégé, d'abord contre toi-même ; et aussi contre une trop grande rigueur de la justice, qui a récompensé ton geste volontaire par une peine légère. Nous le voyons souvent à la maison, Dmitri Prokofievitch et moi : il se soucie beaucoup de ton sort et il s'est mis en relation avec le directeur de la prison, par l'entremise de son collègue préposé à l'application des peines. Il a alors découvert que cet homme, qui n'est en poste que depuis deux ans, est son ancien élève à la Faculté, et qu'il l'a formé lui-même dans l'esprit de la réforme judiciaire !

Toi qui as étudié le droit, tu dois savoir que cette nouvelle loi permet d'attribuer des remises de peine importantes aux détenus qui se comportent de manière exemplaire. Ainsi, tu peux gagner jusqu'à trois ans sur tes huit, et un cinquième de la durée restante peut être commué en une peine d'exil.

Aussi je t'en supplie, petit frère, fais de ton mieux pour obtenir ces grâces : sois bien sage, comme je te le demandais autrefois quand nous allions à l'école ; repens-toi, vis dans l'honnêteté, reste toi-même, et je te promets que ton calvaire sera abrégé ; le nôtre aussi par la même occasion… .

Il y a autre chose : ton ami Zametov vient d'être détaché au cabinet du Garde des Sceaux, après avoir été reçu major au concours de commissaire. Il a beaucoup d'idées pour faire progresser la justice et le traitement des prisonniers. Il pense toutefois n'y faire qu'un bref passage, pour accompagner la mise en place de la réforme : il rêve de faire carrière dans la police secrète ! Mais le cabinet, ça ne se refuse pas…

Mais tu sais (et tu vas penser que c'est une idée fixe !), Porphyre t'aime beaucoup, il t'admire vraiment, sincèrement. C'est vrai, il a une façon d'être parfois un peu… ironique, il le sait bien, mais il ne peut s'en empêcher. C'est un provocateur-né ! Il sait aussi beaucoup nous faire rire, Dieu sait comme nous en avons besoin. Je crois qu'il a vraiment envie de t'aider, comme un père aiderait son fils égaré à reprendre la bonne route. Songes-y, Rodia ; les êtres ne sont pas si simples, il n'y a pas seulement les « bons » et les « méchants »… .

Nos affaires marchent bien, par ailleurs : Dimitri Prokofievitch continue à faire des traductions en parallèle à ses études qu'il a reprises. Mais il a choisi de les éditer lui-même : tu sais comme il est entreprenant… Ainsi grâce à l'argent que m'a légué Marthe Petrovna, il a pu acheter quelques machines d'imprimerie, louer un petit atelier au bord du canal Griboïedov, embaucher un contremaître et deux ouvriers. Les premiers ouvrages (« Les Misérables », de Victor

Hugo, les « Mémoires » de Lacenaire, « L'Esthétique » de Hegel) se vendent bien, et, ma foi, nous en tirons un revenu suffisant pour vivre, sans excès bien sûr. J'aide Dmitri à tenir les comptes, à passer les commandes, les contrats avec les libraires, etc… . Nous espérons aussi pouvoir éditer quelque auteur russe, à l'occasion. Pourquoi pas ?

Nous avons été chargés par Porphyre de tenir les comptes des enfants de Marmeladov ; il s'est avéré en effet que la personne qui avait reçu le don de Svidrigaïlov n'était pas d'une honnêteté absolue ni d'une moralité à toute épreuve… On pouvait s'en douter, d'ailleurs ! Et Sonia ne pouvait raisonnablement être désignée pour cela, puisqu'elle a choisi de te suivre ; j'espère qu'elle le comprendra et nous pardonnera. Nous sommes prêts à tout moment à lui rendre compte et à l'associer à cette gestion, bien sûr. Mais là aussi, nous pouvons remercier Arcady Ivanovitch. Sans lui, que seraient devenus ces orphelins ?… Je brûle chaque semaine un cierge pour lui devant l'icône de la vierge de Iaroslav, et je ferai dire une messe pour le salut de son âme. Décidément cet homme avait un cœur, même s'il le cachait bien. Peut-être a t-il voulu faire pardonner ses crimes ?…

Polia et Lyda sont à l'école des sœurs de la Charité ; l'année prochaine, si tout se passe bien, Polia entrera à l'Institut Smolny. Porphyre a introduit un recours auprès du ministère afin qu'une bourse d'études lui soit allouée, eu égard aux états de service de son père. Il a bon espoir ; le scandale des orphelins sur la perspective Nevsky a ému jusqu'aux larmes un conseiller d'Etat qui passait par là, tu sais, cet homme bien mis qui avait ramené cette pauvre Catherine Ivanovna chez Sonia, juste avant qu'elle rende l'âme… Et il a promis à Porphyre de remuer ciel et terre pour que ces enfants puissent bénéficier de subsides jusqu'à leur majorité.

Kolia, quant à lui, voudrait dans deux ans entrer à l'Ecole des Cadets ; il a décidé de devenir officier de la Garde. Ces petits sont vraiment très courageux. Nous les sortons tous les dimanches et les traîtons comme s'ils étaient les nôtres. Au début ç'a été difficile pour eux, surtout les petits. Kolia et Lyda ne comprenaient pas ce qui leur était arrivé ; Lyda aimait énormément son père, elle pleurait tout le temps. Kolia est déjà un petit homme, il a vite appris à ravaler ses larmes, mais encore maintenant il lui arrive de s'isoler pour pleurer. Quant à Polia c'est une vraie petite mère, elle ne cesse de s'occuper d'eux. Cette enfant a un véritable don pour la musique, les sœurs s'en sont aperçues lors des séances de chorale : elle chante admirablement et maîtrise déjà le piano. Elle aussi a beaucoup souffert de la disparition de ses parents ; elle était très mûre, elle avait bien compris que son père était un ivrogne et que sa pauvre mère avait sombré dans la folie, qu'ils me pardonnent là où ils sont…

Mais Dieu merci nous allons pouvoir les sauver et leur assurer un véritable avenir. Ils demandent très souvent des nouvelles de Sonia, tu peux le lui dire : ils pensent constamment à elle, ils l'aiment énormément ; à chaque lettre qu'elle leur envoie, c'est une explosion de joie ! Tu devrais voir ça, ça nous fait chaud au cœur. Elle a été comme une seconde maman pour eux dans les heures difficiles, et sans elle, les choses auraient tourné au pire, j'en ai bien peur. Ils seront comblés le jour où ils la reverront, sois-en certain. Polia se souvient aussi très bien de toi, Rodia, et elle m'a chargé de t'adresser « toutes les fleurs blanches de son cœur, qui est comme la Russie au printemps ». C'est adorable, n'est-ce pas ? Elle mérite vraiment qu'on l'aime.

Un mot pour Sonia : Dmitri a pris soin de l'argent (deux mille cinq cents roubles) qu'elle lui a confié en partant, pris sur les trois mille qu'Arcady Ivanovitch lui avait offerts. Bien placé, en bons du Trésor et en actions des Chemins de Fer de l'Ouest, son capital a déjà triplé. Nous le gardons à sa disposition ; Dmitri va lui envoyer par mandat télégraphique dans quelques jours les huit cents roubles d'intérêts qui viennent d'être versés !

Je voudrais te dire, Rodia, combien tu as eu raison de choisir Sonia pour partager ta vie. C'est une femme admirable, elle a tout laissé derrière elle pour te suivre jusqu'au bagne ; elle n'a pas hésité une seconde quand tu es venu la chercher, alors même que tu venais de lui avouer ton acte. Et de plus, par un hasard terrible tu avais tué Elisabeth, sa seule amie !... Je suis sûre que, même de cela, elle ne t'a jamais adressé le moindre reproche. Faut-il qu'elle soit follement amoureuse pour agir ainsi.... Mais cela se situe au-delà encore : qui aurait fait cela ? ... Qui aurait accepté, sans la moindre question, sans l'ombre d'une hésitation, de partager le sort d'un criminel, et de le suivre ainsi jusqu'au fin fond de la Sibérie ?...Pardonne-moi, Rodia, mais cela m'ébahit encore : vraiment, je ne regrette pas de l'avoir si bien jugée lors de notre première rencontre, et ce malgré les apparences.

Ecoute-la et respecte-la toujours, comme elle t'écoute et te respecte, et ne la tourmente pas : aime-la, c'est un être d'exception. Un cœur simple, immense comme le sien, c'est le plus beau trésor qu'un homme puisse trouver ; c'est une chance qu'on n'a qu'une fois dans sa vie. Ne la laisse pas perdre.

Avant de clore cette lettre, il faut encore que je te dise cela : Dmitri Prokofievitch et moi, nous attendons un enfant. Oui ! Quelle bonne nouvelle, n'est-ce pas ? Et comme maman serait contente, si elle était encore de ce monde ! Porphyre sera le parrain ; il (car ce sera un garçon, n'est-ce pas ? Nous l'appellerons Alexei - tu entends cela, Aliocha ? Comme cela sonne bien !) il, donc, devrait arriver dans six mois environ ... . Comme je voudrais que tu puisses être là pour son baptême ! Mais je divague, c'est impossible ; nous penserons énormément à toi, en espérant que tu sauras tenir compte des bons conseils de Porphyre. Il m'a d'ailleurs promis qu'il allait bientôt t'écrire. Je crois qu'il te réserve une surprise, mais il n'a rien voulu me dire de plus.

Razoumikhine t'adresse ses amitiés les plus sincères ; il me charge de te dire qu'il te voue une reconnaissance éternelle, pour avoir une sœur si belle, si intelligente, si... Quel flagorneur, et quel bouffon ! Je n'arrive plus à poursuivre, il me fait trop rire !

Mon petit Rodia, nous t'embrassons de tout notre cœur, et nous t'attendrons le temps qu'il faudra. Sois patient et raisonnable, et pense à nous de temps en temps ; songe à tout ce que tu représentes pour nous tous, et appuie-toi sur Sonia.

A toi pour toujours,

AVDOTIA ROMANOVNA

Raskolnikov avait lu la lettre à haute voix pour que Sonia puisse en prendre connaissance en même temps que lui. Mais son enthousiasme du début était retombé peu à peu, cédant la place à une perplexité teintée d'irritation quand il s'était agi de Porphyre et de Svidrigaïlov. Sonia avait versé des larmes d'émotion à l'évocation des enfants de Catherine Ivanovna, puis elle avait rougi, sa modestie mise à mal par l'énumération de ses propres mérites et qualités. Enfin, l'annonce de la naissance prochaine avait provoqué leur enthousiasme à tous les deux. Ils s'embrassèrent.

Néanmoins Rodion Romanovitch retrouva rapidement son humeur sombre habituelle ; Sonia lui dit :

« - Tu ne dois pas revenir sans cesse sur le passé, Rodia ; ce que te dit Avdotia Romanovna est vrai : Porphyre t'a aidé, bien au delà de son rôle de juge d'instruction. Et, s'il l'a fait, c'est parce qu'il avait confiance en toi, en ta valeur réelle.

- Il ne m'a pas aidé, répondit Raskolnikov avec colère. Il a joué avec moi, comme un chat avec une souris. Son plus grand plaisir est de tendre des pièges, de pousser les criminels à se livrer eux-mêmes ; je ne vois rien là d'extraordinaire, ni de marque de confiance ou d'amitié à mon égard.

Cet être n'est pas un homme : il ne vit que par et pour le crime, il n'a pas de famille, c'est à peine s'il a un toit. Il ne vit pas chez lui mais dans son bureau, toujours à attendre comme une araignée que les mouches viennent s'engluer dans sa toile. Et ensuite il leur suce le sang. De nous tous, c'est lui le plus grand criminel ! Mais il agit sans risques, en toute légalité. On dirait que les lois sont faites pour lui , spécialement pour lui : maintenant encore, grâce à cette réforme, il va pouvoir me tourmenter !

- Non, Rodia, ne dis pas cela : tu sais bien que ce n'est pas vrai. Dounia le connaît mieux que toi maintenant, il était à son mariage et elle l'a vu souvent depuis. Elle sait de quoi elle parle. Il veut sincèrement t'aider, dit-elle ; crois-la sur parole. Tu peux réduire ta peine de moitié ; cela ne dépend que de toi. Et puis je suis là, et je resterai à tes côtés jusqu'au bout, tu le sais. Et ce qu'ils disent de cette réforme est juste : regarde donc autour de toi ! Le régime du bagne est beaucoup moins terrible maintenant qu'il y a quelques années ; on raconte des histoires affreuses, que d'anciens prisonniers ont pu te confirmer. Quand tu es arrivé, tu n'as pas été marqué au visage ; les gardes nous laissent parler tous les soirs, seuls et sans retenue. Il n'y a pas si longtemps on m'aurait chassé sans ménagements, et tu aurais reçu cent coups de fouet.

Non, Rodia, fais un peu confiance aux gens ! Le monde change autour de toi, et ta sœur a raison : les autres ne sont pas seulement des bons ou des méchants. Si tu peux reprendre tes études, alors fais-le : d'abord, tu t'ennuieras moins ; ensuite, à la sortie tu pourras faire quelque chose en rapport avec tes capacités. Ce sera le début d'une vie nouvelle. Fais-le, Rodia ; fais-le pour toi, fais-le pour nous tous ! »

Ils s'embrassèrent à nouveau ; le soir tombait, enveloppant l'horizon de douceur et de paix. Un vanneau gloussait là-bas près du fleuve, tandis qu'un vol d'hirondelles partait dans le soleil couchant, montant toujours plus haut, plus haut dans le flamboiement doré, cette vibration particulière du ciel de Sibérie au printemps.

IV

LE LIVRE DE JOB

La discussion avait frappé les esprits, et ceux qui y avaient participé portaient maintenant un autre regard sur Raskolnikov. Il leur semblait que celui-ci, s'il croyait aux idées nouvelles, était cependant pénétré d'une grande science de Dieu, et que, s'il professait l'athéisme, il n'en éprouvait pas moins un profond respect pour la chose religieuse. Voilà qui en satisfaisait certains ; d'autres, plus pénétrants, restaient sur leur faim, car il leur apparaissait que Rodion Romanovitch n'était pas parvenu au terme de sa quête, et qu'il avait besoin d'autre chose que d'un catéchisme pour être convaincu. Cependant, au bagne, il était une règle absolue qui voulait que l'on respectât la croyance de l'autre, et que l'on ne cherchât pas à convertir son voisin. A la réflexion, ce modus vivendi était le seul possible, faute de quoi les prisonniers en seraient rapidement venus à s'entre-tuer.

Mais cette impression qu'il leur avait faite, tout en l'humanisant, l'auréolait d'un certain mystère, et sa connaissance des textes sacrés, sa vision politique, son analyse de la société, son statut d'ancien étudiant, tout cela le dotait du prestige de l'intellectuel, ce qui piquait un peu plus encore leur curiosité naturelle.

La plupart en effet n'en avaient jamais vu de près, et on racontait tant de choses, dans les campagnes, sur ces hommes étranges dont les idées faisaient trembler les barines... L'heure n'était pas encore venue où de jeunes illuminés quitteraient les villes pour arpenter les chemins et « aller au peuple », selon leur expression, porter la foi révolutionnaire... Mais déjà les propriétaires terriens, se sentant menacés par ces idées utopiques, en disaient pis que pendre à leurs paysans, pour tenter d'endiguer le mouvement qu'ils pressentaient. L'immense espoir suscité par la réforme agraire, beaucoup trop timide, qui avait accompagné l'abolition du servage, avait été suivi d'une amère désillusion au sein du monde rural.

Beaucoup d'anciens serfs avaient quitté leur village et pris la route pour offrir leurs bras à l'industrie naissante ; là, tombant dans une misère encore plus noire, ils rencontraient des propagandistes illuminés qui profitaient de leur crédulité. Un bon nombre, licenciés pour insubordination ou par suite des fermetures d'usines, partaient sur les routes mener une vie errante, ponctuée de rapines et de rencontres de hasard ; ils colportaient alors une idéologie fruste, faite de révolte et de violence magiques, qui pénétrait ainsi le corps profond de la Russie et y réveillait des instincts sanguinaires assoupis par des siècles de soumission aveugle. Ces hommes bannis, ruinés, dépouillés de tout, perdant tout sens moral au fil de leurs vagabondages, croisaient le chemin des déserteurs, et aussi celui des vieux-croyants errants. Les uns étaient en guerre contre les propriétaires, les autres contre l'armée (qui imposait alors vingt années de service militaire, d'où fort peu revenaient vivants et entiers), les derniers enfin contre l'église orthodoxe, depuis le schisme provoqué par une réforme autoritaire, au milieu du XVIIème siècle. Mais tous se rejoignaient dans une haine profonde envers l'état impérial, dont les institutions étaient responsables de leurs malheurs.

Les routes étaient ainsi peu à peu devenues le lieu où convergeaient et s'écoulaient sans fin les eaux mêlées de la colère du peuple dans un mélange de vertu et de foi naïve, d'idées révolutionnaires mal digérées et de folie meurtrière. Ce fleuve allait grossir d'année en année dans l'indifférence quasi générale, jusqu'à ce que plus rien ne puisse l'endiguer et que sa crue balaie le vieux monde sur son passage.

Cependant, la police s'intéressait de plus en plus à cette population sans feu ni lieu. Et c'est ainsi que bon nombre d'entre eux échouaient au bagne ; la plupart avaient entendu parler des nihilistes, mais très peu en avaient vraiment rencontré.

C'est pourquoi Raskolnikov les intriguait tant ; ils ne pouvaient pas comprendre comment un jeune homme issu de la noblesse avait pu passer à l'acte comme un vulgaire forgeron. Une chose était de professer l'abolition des fondements de la société impériale ; une autre que de prendre une hache pour aller trucider une vieille usurière, et de raconter qu'en procédant ainsi on avait tué Dieu… Ces hommes, pour déracinés qu'ils fussent, restaient avant tout des paysans, et leur bon sens indécrottable les inclinait à refuser un tel paradoxe.

Il y avait parmi eux un ancien moujik, nommé Andreï Vostavchine, qui avait quitté son domaine dès l'abolition. Le maigre lopin qu'on lui avait alloué était très insuffisant pour nourrir les siens et, laissant femme et enfants sur place, il avait tenté sa chance à la ville.

Là, on l'avait embauché dans une fabrique de locomotives ; il avait travaillé très dur, dans des conditions extrêmes (il était affecté à la forge), et on lui avait alloué un salaire qui ne lui permettait pas d'économiser le moindre kopeck, après qu'il eût payé son loyer, sa nourriture et les pauvres hardes qu'il portait sur le dos. Il avait espéré amasser peu à peu un petit capital, et ainsi, après quelques années, rentrer au village pour y racheter quelques terres à son ancien maître ; il aurait alors créé une exploitation, en bénéficiant d'un prêt de la Banque Foncière Paysanne, dont c'était le rôle fixé par l'Etat. C'est d'ailleurs le directeur de celle-ci, un petit jeune homme fort bien mis, qui le lui avait conseillé, tout en frisant nonchalamment sa moustache entre ses doigts aux ongles soignés. Chose extraordinaire, il avait consenti à le recevoir en personne et, après avoir distraitement écouté sa requête, il lui avait déclaré d'un ton méprisant :

« - Mon pauvre ami, votre isba et vos quelques déciatines de terrain caillouteux ne constituent pas une garantie suffisante pour nous ; allez donc à la ville, enrichissez- vous un peu, et revenez me voir : nous en reparlerons, je vous le promets ! Tel que je suis, là, devant vous, j'aime le peuple et les pauvres gens ; d'ailleurs, ma mère était cuisinière, ce qui ne m'a pas empêché de faire mon chemin, comme vous le voyez. Allez, mon brave, et faites le vôtre ; surtout n'oubliez pas de m'apporter votre voix, pour l'élection au conseil de *zemstvo*[2], vous serez bien représenté ! », lui avait-il dit avec un sourire condescendant. Andreï avait salué bien bas Dimitri Brakov, ce financier arrogant qui, malgré son jeune âge, tenait la moitié du district entre ses mains blanches ; et puis il était reparti sans mot dire, la tête enfoncée dans ses maigres épaules.

Mais bien vite là-bas, dans ce faubourg boueux et noirci de la suie des cheminées, dans le dortoir insalubre qu'il partageait avec douze autres compagnons, il avait vu s'envoler ses rêves. Jamais il ne s'enrichirait, jamais il n'arriverait à mener une vie décente, jamais lui et les siens ne seraient hors du besoin. Il revenait de temps à autre au village, au moment des moissons, quand l'usine fermait faute de commandes. Dès la première fois, il avait été accablé de reproches par Anna Vassilievna, sa tendre épouse, désespérée de le voir rentrer sans un sou, alors que ses enfants ne mangeaient que des racines et des choux, et que le dernier, âgé de deux ans à peine, crachait déjà le sang.

---

[2] Assemblée régionale

L'année suivante, elle lui témoigna de la froideur. Et il remarqua, sans mot dire, qu'elle portait en secret un bijou qu'il ne lui avait pas offert. Dans l'intervalle le petit Fédia était mort ; il ne l'apprit qu'à son retour, et elle se moqua cruellement de ses larmes. Elle-même avait déjà trop pleuré, et ne savait plus que déverser son amertume sur ce « bon à rien » d'Andreï, responsable de ses malheurs.

Un soir, au cabaret, un compagnon d'ivresse lui révéla que l'on voyait souvent Anna Vassilievna fréquenter le « château », comme on disait. Il ne s'agissait en réalité que d'une grosse ferme flanquée d'une grande bâtisse bourgeoise, où les anciens maîtres tentaient, assez pitoyablement, de mimer les mœurs des aristocrates. Selon l'ivrogne, Anna en ressortait parfois, richement parée, dans la calèche de Nikita le fils débauché, et on les voyait prendre la route de la ville voisine, où l'on donnait des fêtes et des représentations théâtrales.

Andreï ne dit rien et retourna à l'usine, le cœur lourd et plein de rage. Mais, à la saison suivante, quand il revint, il trouva son isba vide et sans feu. Anna Vassilievna habitait désormais à l'autre bout du village, dans une vraie maison décorée comme un boudoir, et il était notoire que Nikita, souvent accompagné de jeunes nobles des environs, s'y rendait fréquemment pour y passer des nuits entières d'orgie. Les enfants avaient été placés au collège de V…, on ne savait trop qui payait les frais.

Andreï traversa le village, les poings serrés dans les poches, sous le regard moqueur ou apitoyé des habitants qui s'étaient mis sur le pas de leurs portes. Anna ouvrit la porte ; elle eut un mouvement de recul en le voyant. Puis elle tenta de le chasser, le traitant de vagabond, de pauvre ouvrier sans cervelle… Il garda son calme et lui proposa de l'accompagner pour une dernière promenade, où il comptait évoquer avec elle le sort des enfants. Avec réticence, la belle finit par se rendre à ses raisons, contre la promesse qu'il lui fit de partir définitivement ensuite, et de ne plus se soucier d'elle.

Une fois arrivés dans le petit bois de bouleaux que l'on doit traverser pour se rendre au cimetière, il l'empoigna brutalement, sortit son couteau de sa poche et l'égorgea proprement, sans se laisser fléchir par ses larmes et ses prières. Elle était redevenue sa douce colombe des jours heureux, allongée en travers de lui, la tête sur ses genoux, le sang bouillonnant de son cou béant, tandis que l'on entendait le coucou chanter et bruire gentiment l'eau de la fontaine... Au bout d'une longue rêverie Andreï se leva et alla porter un bouquet de marguerites trempées dans le sang d'Anna sur la petite tombe de leur fils mort. Il pleura amèrement, demanda pardon à Fédia puis alla tout droit à la rivière, dans laquelle il se jeta du haut du pont. C'était l'endroit précis où il allait poser des lignes, dans son enfance ; il y avait amené Fédia plusieurs fois pour l'amuser avec les écrevisses qu'il attrapait. Mais entre-temps des villageoises, inquiètes de ne pas la voir revenir, avaient découvert le corps sans vie d'Anna Vassilievna et avaient ameuté tout le monde. Des moujiks partis à sa recherche à la sortie du bois virent Andreï de loin au moment précis où il tombait dans la rivière ; ils se précipitèrent et le repêchèrent. Il fut ensuite conduit à la police du district, jugé et condamné à vingt ans de bagne.

Vostavchine venait souvent le soir discuter avec Raskolnikov. Il lui raconta d'abord son histoire, lui demandant souvent ce qu'il aurait pu faire d'autre ; il n'y avait rien d'autre à faire, répétait-il. Les maîtres lui avaient tout volé, sa liberté, sa terre, sa maison, son argent, sa femme, ses enfants, sa dignité ; un homme véritable ne pouvait supporter cela plus longtemps, mieux valait finir ses jours en prison que de vivre ainsi, bafoué, seul et misérable, en usant sa santé dans leurs manufactures.

Peu à peu, il en vint à lui raconter sa vie d'ouvrier ; la forge était un lieu épouvantable, où l'on passait sans cesse du froid intense – l'atelier n'était pas chauffé en hiver – aux températures les plus élevées. On y travaillait quinze heures par jour pour un salaire dérisoire ; et le soir, ivre de fatigue, il ne pensait à rien d'autre qu'à s'étendre sur sa paillasse, pour repartir au travail le lendemain à l'aube. Il y avait de nombreux accidents et plusieurs de ses camarades avaient perdu, qui un doigt, qui une main, voire un membre entier. La plupart du temps mal soignées, les blessures s'infectaient, et ils mouraient bientôt de gangrène ou de septicémie. Ceux qui survivaient, affreusement mutilés, se retrouvaient sans travail, sans ressources, et allaient grossir encore l'armée sans nom des mendiants et des vagabonds.

Certains ouvriers, devant cet état de choses, s'étaient regroupés secrètement et avaient décidé de fonder un syndicat. Rapidement leur propagande avait porté ses fruits, et une grève avait été organisée pour protester contre les mauvais traitements et réclamer des salaires plus décents.

Au bout d'une semaine, le propriétaire – qui possédait aussi d'immenses domaines en Ukraine – obtint du gouverneur de la province une intervention de la police. Au prix d'une violente échauffourée, l'usine fut évacuée, dans les cris et la confusion. Le lendemain, les ouvriers apprirent qu'ils étaient tous licenciés ; les meneurs furent arrêtés, jugés et condamnés à cinq ans de prison. Sitôt après l'expulsion des grévistes, on fit venir des travailleurs ouzbeks pour prendre leur place, et ceux-ci acceptèrent des salaires encore inférieurs, pour un rythme de travail encore plus inhumain. C'est après cette affaire qu'Andreï, rentrant chez lui, décida de tuer sa femme qui l'avait quitté.

« - Tu vois, Rodion Romanovitch, même si l'on perd à tous les coups, il faut lutter contre les possédants ; si l'on reste docile, on vit dans la misère et on meurt comme des chiens. Et si l'on se révolte on nous chasse de partout, et l'on finit par nous envoyer au bagne. Mais il y a le syndicat ; unis, nous sommes plus forts. Nous avons quand même réussi à faire cesser la production pendant huit jours, le gouverneur était affolé. Le propriétaire a perdu des dizaines de milliers de roubles ; le centième de cette somme aurait pu nous satisfaire ! Même si nous avons perdu, d'autres reprendront le flambeau. On ne peut accepter cela. Les hommes comme nous doivent se lever et marcher ; mieux vaut mourir debout dans la lutte, que de crever aplati dans la boue en bénissant nos maîtres…. »

Rodion Romanovitch écoutait tout cela, et il tentait de comprendre d'où venait tout ce mal. Il éprouvait une immense compassion pour Vostavtchine et ses semblables ; mais il comprenait aussi Anna Vassilievna et pressentait que les choses n'étaient pas si simples. C'est vrai, nul ne pouvait accepter cela ; il fallait se révolter contre son sort, contre cette dépossession de la terre commise au nom de la liberté des serfs ; contre la morgue des propriétaires habitués à prendre ce qui les tente chez leurs gens, récoltes, femmes, chevaux ; contre les banquiers et les financiers qui refusent aux pauvres ce qu'ils accordent aux riches et les plument de leur maigre bien en pratiquant l'usure ; contre les fabricants qui volent jusqu'au dernier souffle de leurs ouvriers, avec pour tout remerciement la misère et l'indigence ; contre l'empereur, ses officiers, ses juges et ses gendarmes qui imposent l'ordre du puissant au faible et pourchassent ceux qui osent le refuser pour les jeter au bagne… Et contre Dieu enfin, contre ses popes et ses évêques, ses sacristains et ses archimandrites, qui justifient tout cet enfer au nom de la Sainte Alliance du sabre et du goupillon, et endorment le peuple dans les fumées d'encens en promettant un monde meilleur aux plus dociles (et la damnation pour les autres) ! Oui, c'était un devoir pour tous les opprimés de rejeter cela, et de s'organiser pour faire avancer les choses. Il ne pouvait le nier ; il ne pouvait nier toute cette souffrance et toute cette révolte, étalées là, devant lui dans une sorte d'impudeur tragique, comme l'offrande ouverte sur l'autel d'un Moloch cruel, comme l'innocence sacrifiée de la belle Russie clouée sur la table de banquet de l'Antéchrist. Son cœur saignait en entendant cela, et cependant il ne pouvait admettre tout à fait la nécessité de l'action collective ni son bien-fondé. Tout cela était bon pour les faibles qui devaient s'unir pour obtenir qu'on les écoute ; mais pour gagner quoi ? Est-ce que l'argent des maîtres allait résoudre tous les problèmes, et supprimer comme par magie tout ce mal de vivre ?... Jamais les puissants ne lâcheraient l'essentiel, c'est à dire le pouvoir ; jamais l'Eglise ne renierait les dogmes qui liaient les esprits ; jamais Dieu n'accepterait de délivrer l'Humanité de ses chaînes. Seul un homme déterminé, sûr de sa foi nouvelle dans le Progrès, sans ambition aucune pour lui-même mais conscient de son rôle de guide et de libérateur, pouvait s'atteler à la tâche et renverser toutes ces barrières. Et pour cela il lui fallait renier ses pères, rejeter ses maîtres, brûler ses icônes. Et, au nom du Bien suprême, devant la pesanteur du patriarcat et des superstitions, peut-être lui faudrait-il même asservir pour un temps le Peuple lui-même... . En tous cas ce combat était et ne pouvait être que celui d'un homme seul, car une telle force et de telles convictions ne pouvaient se partager. Ni un tel sacrifice, d'ailleurs : en agissant ainsi il lui faudrait se charger de tous les maux pour ouvrir cette voie à laquelle il aspirait avec tant d'ardeur ! Il serait le Christ d'une ère nouvelle, et le dernier représentant d'une espèce dépassée. Car ce combat, il ne le livrait pas contre les riches ni contre l'empereur, ni même contre Dieu ; tous ces intermédiaires n'étaient que des leurres, des simulacres inventés par l'homme pour masquer son véritable ennemi : l'Homme lui-même. Et c'est bien là qu'il lui faudrait agir : pour changer le destin collectif, pour établir la Cité Idéale et en affirmer les bases pour l'éternité, c'est le cœur de l'Homme qu'il fallait changer ; et c'est le Libérateur qui, en s'immolant au nom de cette grande cause, en acquitterait le prix immense. L'Homme s'était vendu à un crucifié ; un autre crucifié le rachèterait, le laverait du sang versé par un nouveau pacte de sang avec un nouveau maître... Ses réflexions l'entraînaient à nouveau sur ces chemins vertigineux, tout en se nourrissant de plus en plus de cette question de la justice sociale que la réalité lui imposait.

C'est alors que Sonia lui donna à lire une lettre de Porphyre Petrovitch.

« - Mon cher Rodion Romanovitch,

votre sœur Avdotia vous a certainement prévenu, ainsi que je le lui avais demandé, de l'imminence de ce courrier.

Elle a aussi dû vous dire à quel point je me souciais de vous ; eh oui, mon jeune ami (j'espère que cette familiarité ne vous offusque pas, mais c'est ainsi que je vous vois désormais ; nous avons tant de choses en commun !), j'ai une dette envers vous. Oui, une dette, en vérité ; car vous m'avez donné beaucoup de fil à retordre, mais je vous en sais gré : vous m'avez ainsi ouvert les yeux sur un certain nombre de choses. Il m'est impossible d'en parler ici, vous comprendrez aisément pourquoi ; mais j'espère que nous aurons, prochainement peut-être, l'occasion d'en parler de vive voix.

Et puis, jeune homme, j'éprouve une étrange sympathie pour vous. Je suis presque un vieillard, je ne me suis jamais marié (pas assez de temps à consacrer à ces fadaises et à la gaudriole !) et je n'ai pas de descendance. Mais, le croiriez-vous ? je découvre à quel point j'aurais aimé avoir un fils, un vrai fils, à qui j'aurais pu transmettre mes idées, mon savoir, mon expérience de la vie et des hommes… . Présomption que tout cela, oui, je le sais bien ; peu de choses en vérité peuvent véritablement se transmettre, les jeunes n'écoutent pas leurs parents, c'est là un vrai drame, le seul qui compte, peut-être… Mais qu'importe tout cela, je vous ennuie avec tous ces radotages, vous avez d'autres soucis là où vous êtes, et je vous comprends fort bien.

Oui, vraiment, même si cela peut vous paraître étrange voire odieux, je vous comprends, et, dans un certain sens, je vous envie. Car c'est le rêve intime de tout juge que de se trouver transporté au bagne, dans la peau d'un assassin, avec les souvenirs d'un assassin et les remords d'un assassin ! Au moins là on pourrait comprendre ! Peut-être… Mais rien n'est moins sûr, dans le fond, et là encore je vous agace avec mon verbiage sans queue ni tête.

Enfin j'en viens au fait : j'ai quelque chose à vous proposer. J'ai beaucoup vu Zametov, ces derniers temps ; c'est un garçon très intéressant, bourré de talent et plein d'avenir. Figurez-vous – mais cela aussi, Avdotia Romanovna a dû vous le dire (savez-vous que madame votre sœur est une personne absolument délicieuse, vraiment, et à tous égards ?... mais je m'éloigne encore de mon propos !) – figurez-vous, donc, que notre Zametov, après avoir été brillamment reçu à son concours, a été nommé d'emblée à un poste éminent, auprès de notre ministre ! Eh oui, c'est le destin, le destin, vous connaissez ?... la roue qui tourne ! (vraiment, je suis incorrigible : pardonnez-moi mon ironie, je me ferais damner pour un *bon mot* [3]! Mais tout de même, pensez-y : elle ne cesse de tourner, et, après être descendue au plus bas, elle remonte ! Oui, elle remonte, même pour vous, mon bon ami !...)

Et ce brillant garçon a été chargé de mettre en œuvre un programme de réhabilitation des prisonniers condamnés à de courtes peines. Comme c'est mon ancien élève, bien entendu, j'ai la prétention de penser qu'il a de bonnes idées, et nous en parlons souvent ensemble ! Au fait, saviez-vous que depuis des années j'enseigne la criminologie à la faculté de Peterbourg ?... Je n'étais pas votre professeur, certes, et je l'ai vérifié : vous suiviez les cours de cet imbécile de Karkatov, un esprit dangereux et subversif ! Voilà qui explique peut-être certaines choses... Mais je m'égare encore.

De quoi s'agit-il donc ? Eh bien, c'est quelque chose de totalement nouveau : on considère maintenant, comme l'enseignaient déjà les penseurs libéraux, que le milieu social, la pauvreté, la maladie, une instruction insuffisante, l'étalage des richesses des uns, la misère des autres, sont autant de causes qui produisent les crimes mineurs ; il paraît donc juste que la société répare le préjudice subi par les auteurs de ces actes, dans la mesure où ils ont purgé leur peine et fait la preuve de leur repentir. Ainsi, on proposera désormais aux plus frustes d'entre eux des leçons de lecture et d'écriture ; les anciens

---

[3] En français dans le texte

étudiants comme vous pourront reprendre leurs cours, par correspondance, et se présenter aux examens. Le postulat, c'est qu'on leur accorde une deuxième chance, et que, repartant dans la vie avec l'assurance d'une meilleure position sociale, ces criminels « accidentels » pourront échapper à la récidive…. A défaut de supprimer le crime en supprimant la société, comme le veulent nos utopistes, ce système permettra au moins de le faire régresser. Vous voyez, mon cher Rodia (permettez que je vous appelle ainsi, c'est sincère et sans ironie aucune de ma part), vous voyez ce qui vous reste à faire ! Car vous êtes un garçon intelligent, en qui je crois, et je fonde de grands espoirs sur vous, croyez-le bien. Rien n'est perdu, je serais fort heureux de vous compter enfin parmi mes disciples !

J'en touche un mot au directeur de votre prison, c'est aussi une vieille connaissance : que le monde est petit, décidément ! Il vous expliquera tous les détails, et vous verrez comme tout cela s'agence bien. On dirait vraiment que cette loi a été faite pour vous. Réfléchissez bien à votre passé, à votre présent, à votre avenir : là se trouvent les clés de ce que vous cherchez depuis si longtemps. On vous tend une sacrée perche, mon ami, sachez la saisir !

A bientôt donc, cher Rodia. J'espère de vos nouvelles par Sonia (excusez le subterfuge ; même si les choses évoluent vite de nos jours, vous n'avez pas encore le droit de recevoir de correspondance en prison !) . Mais tout cela change, Rodia ! Tout change vraiment, vous verrez ! Vous verrez !

    Votre ami sincère,

PORPHYRE PETROVITCH

Le contenu de cette lettre était très inattendu ; et le ton nouveau, surtout, de celui qu'il avait toujours regardé comme un démon, plongea Rodion Romanovitch dans un abîme de perplexité. Se pouvait-il vraiment que cet homme fût sincère ? Un tel bouffon, un comédien comme lui, qui n'avait eu de cesse que de le faire avouer en alternant les pitreries, les pièges subtils et les subterfuges les plus grossiers, pouvait-il vraiment s'y fier ? Et, si sa démarche n'était pas désintéressée, que cherchait-il ? Que voulait-il ? Qu'attendait-il de lui ? Où voulait-il l'emmener, dans quel but ?... Rodia n'en savait rien ; il décida de remettre la question à plus tard.

Peu après, un matin avant de partir au travail, Ali, qui se trouvait être son voisin de chambrée, lui confia son désir d'apprendre à lire et à écrire le russe. En effet il n'avait été condamné qu'à une courte peine, du fait de son rôle mineur dans l'assassinat du marchand arménien (entraîné par ses frères aînés sans savoir quel était le but véritable de l'expédition, il s'était contenté de garder leurs chevaux pendant le massacre). Au bout de deux ans il serait sorti, mais il devrait encore purger une peine de trois ans d'exil en Sibérie. Il s'inquiétait donc, à juste titre, de ses possibilités de subsistance dans un pays dont il ne connaissait pas la langue.

Raskolnikov accepta avec plaisir de jouer ce rôle d'*outchitel*[4] auprès d'un garçon d'une telle gentillesse, qui ne manquait jamais une occasion de témoigner discrètement de son amitié pour lui.

Le seul livre dont il disposait était la bible d'Elisabeth ; c'est donc dans cet ouvrage qu'ils se mirent à étudier le soir même, en commençant par l'histoire de Job. Rodion Romanovitch estimait en effet qu'il s'agissait d'un texte simplement écrit et facile à comprendre, même pour un jeune paysan du Daghestan. Et de fait Ali, qui était d'une grande agilité d'esprit, progressa très rapidement, au point qu'au bout de trois mois il lisait presque couramment. Mais cette lecture du

---

[4] précepteur, instituteur

livre saint n'alla pas sans susciter des questions et des réflexions; et Raskolnikov était frappé par la pertinence de ses propos. Un soir, Ali déclara :

« - Job était un grand serviteur de Dieu, le plus juste parmi les Justes ; et pourtant, dans le malheur, il a douté, il a blasphémé contre son Créateur. Dans sa colère et dans sa douleur, son esprit s'est obscurci, il a maudit le jour de sa naissance. Il finit par rejeter un à un les attributs de Dieu, la Sagesse, la Force, la Justice, l'Amour ; et à la fin il doute de Son Existence même.

Quand tout allait bien, il révérait son Créateur, et parmi ses richesses et ses joies il n'oubliait jamais de suivre la Loi divine. Mais, dans la misère, la faim et la maladie, dans la peine et l'affliction, lorsqu'il a tout perdu, il se révolte et il crie. Et il finit, dans son orgueil, par croire qu'il a vaincu Dieu, l'Eternel, le Tout- Puissant, le Maître de toutes choses, le Gardien de la Vie Eternelle !

Et pourtant, il n'est qu'un ver de terre, faible et nu, qui rampe dans la main de Celui qu'il agonit d'insultes !

A t-il jamais vu les portes de la Mort, et les portes de l'ombre de la Mort ? A t-il jamais créé lui-même, ne fût-ce qu'une seule chose, qu'un seul être vivant, par la seule puissance de son esprit et de sa volonté ? A t-il commandé aux bêtes sauvages, et aux forces de la nature ?...

Non, il n'a rien fait de tout cela, ni de bien d'autres prodiges encore ; cependant, il se croit l'égal de Dieu. Il croit qu'avoir vécu comme un Juste lui donne des droits contre Lui, l'affranchit de la douleur et du désespoir. C'est ainsi qu'il se retrouve abandonné de tous, et qu'il sème le trouble dans l'esprit de ses plus chers amis.

Finalement, c'est le plus jeune d'entre eux qui, après avoir respectueusement écouté les anciens, va lui porter les vraies paroles de réconfort, va le ramener dans le chemin de la Vérité.

C'est en écoutant les petits et les pauvres, les vagabonds et les simples d'esprit que l'on entend la voix de Dieu, comme le murmure d'une fontaine dans les jardins d'Allah ; il faut se taire et tendre l'oreille, car ce sont les humbles et les obscurs qui nous apprennent l'humilité, ils parlent si doucement... La puissance du riche n'est rien, comparée à celle du Créateur ; la sagesse du philosophe est infime, notre justice est bancale, et l'amour le plus passionné n'est que feu de paille ; les actions humaines ne sont que vanité quand elles se fondent sur l'orgueil et le contentement de soi. C'est par sa repentance que Job va regagner sa place dans le cœur de Dieu ; il en sera récompensé dans ce monde-ci et dans l'au-delà.

C'est une belle histoire, Rodia. C'est mon histoire, et c'est aussi la tienne.

- Oui, Ali, tu as raison ; c'est une belle histoire. Mais ce n'est qu'une histoire !... Comment peux-tu croire à de telles balivernes ?... Ce n'est même pas ton Dieu, et puis, de toute façon, tout cela a été écrit par des moines cupides pour endormir le peuple pendant qu'ils le volaient !... On ne peut pas offenser Dieu puisqu'il n'existe pas !...

- Non, Rodia, tu te trompes, et au fond tu le sais bien. Comment des « moines cupides » auraient-ils pu écrire des choses comme celles-ci :

« Que les étoiles de son crépuscule soient obscurcies ; qu'elle attende la lumière, et qu'il n'y en ait point, et qu'elle ne voie pas les cils de l'aurore ! »...

De telles paroles, si belles et si terribles, ne peuvent avoir été dictées que par Dieu. Aucun homme ne sait faire cela !

- Mais il y a les poètes ! Ce sont de sacrés faiseurs, tu sais, Ali ! Et la plupart ne croient plus en Dieu depuis longtemps !

- Nous aussi, au Daghestan, nous avons des poètes, répondit gravement Ali. Mais, si c'est bien la main de l'homme qui écrit, c'est Dieu qui dicte le poème ! Même à ceux qui ne croient pas en Lui, il envoie ses images de beauté et d'amour, il n'en est pas avare ! Celui qui loue les merveilles de l'Univers, celui-là loue son Créateur, même s'il ne le connaît pas ! Car la beauté, c'est la lumière de Dieu ... Aucun homme, aussi savant soit-il, ne saurait définir la beauté d'une de nos roses de là-bas. Il y a de telles choses chez nous, au pays ... Il faudra que tu viennes les voir ! dit-il, d'un ton rêveur et émerveillé.

- Décidément, tu as réponse à tout ! acquiesça Raskolnikov, en souriant et en soupirant. Mais dis-moi, Ali : et la laideur ? La misère ?... Et l'oppression, et la souffrance, et le crime ? Dieu a t- il aussi voulu cela ?

- Bien sûr, et c'est écrit dans le Livre de Job : Dieu a voulu éprouver son serviteur, il a permis au Malin de lui infliger tous ces maux. Mais celui qui triomphe du malheur gagne la Vie Eternelle !... Et celui qui refuse de croire, celui qui blasphème contre son Créateur, celui qui commet le crime sans se repentir, celui qui se croit Dieu quand il écrase une mouche, celui-là se damne pour l'éternité ! Tout ceci est écrit, et même moi, Ali, petit paysan illettré, j'arrive à le lire ! Et toi, le savant de la capitale, ne le vois-tu donc pas ? » s'exclama t-il en souriant, le regard pétillant de malice.

Ils eurent ainsi de nombreuses conversations, tout au long de cet apprentissage. Les frères d'Ali lui témoignaient un profond respect, pleins d'admiration en voyant comme il instruisait leur jeune frère. Ils s'arrangeaient pour l'aider et le décharger des corvées ; ils lui procurèrent du papier, des plumes et de l'encre, au mépris du fouet et des verges dont ils acceptaient le risque, grâce à quoi Rodion Romanovitch put enseigner l'écriture à son élève plein de zèle. Au bout de deux mois Ali fut capable d'écrire des phrases simples et de courtes lettres ; encore deux mois et il rédigeait presque couramment ; après trois autres mois Ali composait des poèmes d'une beauté simple et troublante.

Bien avant ce résultat qui dépassait toutes ses espérances, Raskolnikov fut convoqué par le commandant du bagne qui le fit introduire dans un vaste bureau tendu de brocart vert, frappé au chiffre de Napoléon. Il était en effet un fervent admirateur de l'empereur des français, comme beaucoup de russes de l'époque, spécialement des militaires. Il existait même alors une secte de Vieux-Croyants qui lui vouait littéralement un culte ; Napoléon, dont la campagne de Russie avait fait vaciller le tsar Alexandre, identifié à l'Antéchrist, était une sorte de cavalier de l'Apocalypse venu libérer le pays des griffes du Diable. Malgré sa défaite et sa disparition, certains espéraient encore son retour dans les flammes du Jugement. D'autres au contraire soutenaient que c'était lui l'Antéchrist…

« - J'ai entendu parler de vos exploits, lui dit-il de but en blanc. Vous accomplissez des prodiges avec le jeune Ali. Voyez-vous, ce qui est extraordinaire dans tout cela c'est que vous êtes allé au devant des désirs de notre souverain, qui souhaite compléter la réforme judiciaire par un programme de réhabilitation des criminels. Etiez-vous au courant de cela ? demanda-t-il en souriant.

- J'en ai eu quelques échos, mon commandant ; mais ce n'est pas dans cet esprit… C'est seulement par amitié…

- Je n'en doute pas un seul instant, mon cher. Mais, voyez-vous, tout cela prend du temps, et il y a tout un travail préliminaire et fastidieux, il faut définir des objectifs, des méthodes, des moyens… Et vous, sans vous préoccuper aucunement de tout cela (quoi de plus normal ? Pourquoi auriez-vous dû vous en préoccuper, je vous le demande ?), vous avez foncé tout droit sur l'obstacle et vous avez trouvé le moyen de le renverser, tout simplement ! Décidément, mon jeune ami, vous avez du génie ! Vous nous avez montré comment nous devions procéder. Aussi ai-je quelque chose à vous offrir, en récompense des services rendus.

- ....

- Notre bagne a été choisi, allez savoir pourquoi, comme le lieu d'une première expérience pour ce fameux programme. J'ai donc décidé de réserver une salle où seront dispensés des cours de lecture et d'écriture aux détenus les plus méritants. Et les gens instruits comme vous (hélas, ils sont bien peu nombreux ici) pourront s'ils le désirent s'inscrire aux cours par correspondance de leur choix, afin de reprendre leurs études. »
Il baissa le ton, et reprit :

« - Dans la salle de travail (et seulement dans celle-ci, entendons-nous bien), les livres seront autorisés ; le matériel nécessaire à l'écriture sera offert, de même que les ouvrages utiles (qui resteront bien sûr propriété de l'Etat). » Il se leva et se dirigea vers la fenêtre, tout en faisant signe à Rodion de s'approcher. Ils se trouvaient au deuxième étage d'une tour de l'enceinte qui dominait la vallée, et l'on y jouissait d'une vue à couper le souffle. Le soleil se levait devant eux, nimbant d'or et de pourpre les collines de la steppe qui s'étalait à l'horizon, tandis que des reflets de métal en fusion jaillissaient du flot noir de l'Irtych. Raskolnikov restait sans voix devant ce spectacle ; la monotonie minérale était rompue par les troupeaux bêlants et les grandes tentes des nomades d'où montaient des fumées droites, minces et bleutées, comme autant de sacrifices offerts au dieu du jour… Le commandant rompit à nouveau le silence enchanté, d'une voix presque complice :

« - Vous aussi, cela vous fait rêver, n'est-ce pas ? La beauté, l'immensité, la liberté… Notre Russie est belle comme un poème tragique dont nul ne connaît la chute, que l'on pressent terrible, et pourtant elle reste immortelle comme une certitude de nos cœurs pleins de larmes… Vous me comprenez, n'est-ce pas ? Je sais que vous êtes un jeune homme sensible. Notre pays manque de poètes, depuis la disparition de Pouchkine et de Gogol ; et pourtant le peuple regorge de possibilités. Même ici, au bagne… Tenez, ici même, mon prédécesseur me l'a raconté, il y avait un jeune parricide, un officier, comment s'appelait-il, déjà ? Karamzinov, ou quelque chose d'approchant… Oui, c'est cela : Dmitri Karamzinov ! Innocent, bien sûr, comme tout le monde ici ! Mais quel poète ! Hélas ! Il est mort de désespoir il y a une quinzaine d'années, quelques mois avant l'ouverture de son procès en révision. Qui sait ? Peut-être l'aurait-il gagné, racheté par son art ?… Ah ! Si l'on pouvait apprendre cela aux enfants de notre terre, à tous nos enfants, que de vocations s'éveilleraient… Eux au moins pourraient nous régénérer et peut-être nous sauver ! Car c'est la Beauté qui sauvera le monde, le savez-vous ?… Je ne sais plus qui a dit cela, mais comme il a raison … (Il étouffa un sanglot, puis se ressaisit).

Mais je m'égare ! Revenons à notre conversation. Voilà encore une chose qui va sans doute vous plaire : pour ceux qui iront jusqu'au terme de leur programme d'études, des permissions exceptionnelles seront accordées pour le passage des examens et des concours ! Qu'en dites-vous, mon cher Rodion ?… » s'exclama t-il en se rasseyant derrière son bureau, le fixant d'un air triomphant.

« - Cela est certainement très bien, et sera fort utile pour un certain nombre d'entre nous, répondit prudemment Rodion ; mais pourquoi donc est-ce à moi que vous l'annoncez d'abord ?

- Eh bien, comme je vous l'ai dit tout à l'heure, je vous dois une récompense. Vous m'avez montré le chemin en instruisant Ali ; aussi je vous donne priorité pour vous réinscrire en licence de droit. Il y a déjà un éminent professeur qui vous réclame, vous le connaissez un peu, je crois ? dit-il avec un fin sourire.

- En effet, répondit Raskolnikov, en se raidissant un peu. Nous avons quelques souvenirs en commun. Pourquoi pas ? soupira t-il après un instant de réflexion. Après tout, je n'ai pas grand chose à perdre dans cette affaire !

- Je vois que vous êtes dans de bonnes dispositions, et je m'en félicite. Pour aller un peu plus loin, j'ai une autre proposition à vous faire : j'aimerais lancer rapidement le cours de lecture et d'écriture, il y a de gros besoins. Les professeurs ne courent pas les rues ici à Omsk, et vous avez amplement démontré vos talents en ce domaine. Etes-vous mon homme ? Vous en serez récompensé, soyez-en certain.

- J'accepte, bien entendu. Je ne demande rien en échange ; je souhaite simplement rendre service à mes codétenus et les aider à gagner leur liberté. C'est leur seul bien, le plus précieux de tous.

- Ce scrupule vous honore ; maintenant, préparez-vous : nous commençons demain. »

Ainsi se termina l'entretien. Les choses allaient trop vite, Rodia se sentait pris dans un tourbillon. Mais ce double défi lui plaisait : il allait de nouveau affronter Porphyre Petrovitch ; cette fois il lui ferait cracher ce qu'il avait dans le ventre. Et l'idée d'aller plus loin dans l'enseignement le séduisait.

De plus il y avait deux excellentes nouvelles, en vérité : enfin des livres seraient à sa disposition ; et la perspective d'une permission à Peterbourg, même si l'échéance lui paraissait encore lointaine, le transportait de joie. Il pourrait revoir les siens, sa sœur Dounia, son beau-frère Razoumikhine et ses quelques amis, dont il s'apercevait soudain combien ils lui manquaient… Même si le théâtre de ses erreurs passées ne lui convenait guère comme lieu de retrouvailles, il se réjouissait à cette idée ; un flot de souvenirs submergeait sa mémoire.

V

L'ETERNITE SUR QUATRE PIEDS CARRES

On avait dégagé un petit local attenant aux cuisines et au réfectoire que l'on avait aménagé en salle de classe avec une quinzaine de bancs et de pupitres, une estrade, un bureau et un tableau noir. Et surtout, surtout, au fond de la salle trônait la bibliothèque, petit meuble vitré comportant une dizaine de rayonnages sur lesquels ne figuraient au commencement qu'un tout petit nombre de manuels. Il y avait aussi un buffet bas où l'on rangeait le nécessaire à écrire et une réserve de craies, ainsi que quelques cahiers et le registre de présence.

Lorsque Raskolnikov pénétra pour la première fois dans la pièce il fut saisi par ce décor qui lui rappelait l'école des jours heureux et par cette odeur caractéristique et indéfinissable d'encre, d'éponge, de papier neuf et de vieilles reliures ; oui, les reliures surtout le frappaient, brillant discrètement de leurs ors, alignées sagement là, dans un coin près de la fenêtre, offertes à son regard comme une volupté promise et si longtemps, si secrètement désirée….Tremblant, il se précipita, saisit maladroitement une poignée de livres, les porta à sa poitrine et à ses lèvres et huma longuement leur parfum puissant. Une bouffée d'ivresse infinie lui fit tourner la tête, comme si des bulles de champagne avaient surgi des pages et s'étaient insinuées en lui, montant à son cerveau jusqu'à lui faire mal. Mais en même temps une vague de tendresse et de nostalgie le submergeait ; tout cela venait d'un passé heureux, lointain, doré, aux couleurs oubliées de l'enfance... Soudain sa gorge se noua, une douleur violente lui cercla le crâne et une petite larme, dure et ronde, piquante comme un diamant, roula sur sa joue sa traînée brûlante. Il n'en éprouva nulle honte devant le surveillant qui le regardait d'un œil étonné ; mais surtout une surprise immense : comment la vue de choses si banales pouvait-elle déclencher une telle émotion, une faiblesse aussi coupable dans un esprit comme le sien, tout entier tendu vers un dessein unique et supérieur ?... Cette sensation mêlée d'indignation ne dura qu'un bref instant, vite noyée par un flot de souvenirs : il se revoyait enfant, couché sous un fauteuil qui lui paraissait immense, cherchant à déchiffrer sous les illustrations de l'imagier les signes cabalistiques qui recelaient un secret, un très grand secret, LE secret du Monde, bien sûr ! Il était là, étalé, révélé sous ses yeux et pourtant il n'y comprenait rien ; oh, il en pleurait de rage à plat ventre sur le tapis, caché dans la cage de toile qui l'enveloppait d'une lumière douce et colorée sous le soleil pâle d'un matin d'hiver... Et sa mère, sa douce et belle qui l'avait retrouvé enfin dans sa cachette le prenait alors dans ses bras en riant et, le pressant contre son sein tiède et rassurant lui disait :

« Viens là, mon Rodetchka, viens ! Ne pleure pas, tu me fais mal ! Je vais te lire une belle histoire pour te consoler, et puis, tu sais, tu apprendras, et bientôt tu sauras la lire tout seul ! Et alors, tu n'auras plus besoin de ta petite maman, et toi aussi, tu t'en iras, tu me quitteras, sans te retourner ! » Pris au piège, Rodia protestait qu'il ne la quitterait jamais, jamais, et il l'embrassait en riant puis écoutait, rêveur, l'histoire merveilleuse d'Ivan Tsarevitch.... Ou encore à l'école, au fond de la classe, quand, près du poêle ronflant, il apprenait avec ravissement à assembler les caractères cyrilliques en mots, en phrases, qu'il ânonnait fièrement devant le Maître ! Et si un peu plus tard, il avait découvert que le Grand Secret n'était pas révélé tout entier dans l'imagier, il s'y trouvait tout de même quelques indices ; mieux, il en saisissait d'autres fragments à tout instant, dans chacune de ses lectures ; et il se persuada que, s'il arrivait à tout lire, à tout rassembler dans son esprit, alors, enfin, il saurait... Et il pourrait reconstruire le monde en l'agençant de façon idéale !... Son enfance et son adolescence, il les avait vécus dans une frénésie de lectures, s'évadant de son quotidien sans perdre pour autant une miette de la réalité ; il avait souffert des larmes de sa mère à la mort de son père, tout en découvrant Lermontov ; il avait aimé secrètement la fille du capitaine, tout en rêvant avec Pouchkine ; il avait ri et tremblé d'indignation, avec Gogol, avec Bielinski.... Il avait ainsi découvert le pouvoir des mots depuis bien longtemps déjà avant de les expérimenter à l'Université en publiant son article... Mais pourtant, pourtant, il lui semblait avoir oublié tout cela ; la poussière des livres recouvrait toutes ces années passées, brouillard de lettres bourdonnantes qui voletaient autour de lui et le poursuivaient, noires erinyes refusant de se poser sur la page blanche de son âme pour y recomposer les mots et la phrase perdue ...

De la pointe de la langue, il attrapa au vol la perle d'eau salée, et d'un coup ce fut comme s'il avait avalé la mer Rouge. Sa bouche s'emplit d'amertume, sa gorge se serra sur une boule de braise ; il chancela et tomba assis tandis que le sang se retirait de son visage et de gros frissons lui secouèrent les épaules. On martelait sans pitié sa couronne de fer.

« - Ce n'est rien, mon vieux, finit-il par articuler à l'adresse du surveillant inquiet qui s'apprêtait à appeler ; juste un peu d'émotion, c'est tout... Maintenant, ça va, ça va, je me sens déjà mieux ! »

Pendant qu'il reprenait son souffle, il vit soudain danser une petite flamme devant ses yeux ; la pièce lui parut plongée dans une semi-obscurité où il ne distinguait plus rien tandis qu'un bourdonnement l'assourdissait ; le fiel douceâtre des larmes envahissait à nouveau sa bouche. Des épines acérées lui perçaient la tête. La flamme se rapprochait peu à peu mais ne réchauffait pas son corps, envahi par un froid intense ; Raskolnikov, submergé par une émotion inconnue, se sentit tout à coup sur le point de faire une découverte extrêmement importante et il trembla de tous ses membres. Se raidissant brutalement il renversa le petit pupitre devant lequel il était assis et s'étala de tout son long sur le plancher grossier, béat d'étonnement, les yeux rivés sur un point du plafond. Devant lui la flamme s'était transformée ; elle grandissait et s'élargissait, des traits et des points apparurent distinctement tandis que le halo devenait une sorte de chevelure ; maintenant il était clair qu'il s'agissait d'un visage, le pauvre visage pâle et émacié de Nathalie Zarnitsine, la fille de sa logeuse de Peterbourg, morte il y avait trois ans de la fièvre typhoïde ; elle lui souriait.... Curieusement il n'éprouvait aucune surprise, ni aucune crainte d'ailleurs ; au contraire il était heureux, extrêmement heureux même, ému jusqu'au tréfonds de l'âme de revoir son ancienne fiancée. De ses doigts fins couleur d'ivoire celle-ci dénouait lentement son châle et une longue chevelure brune, superbement moirée de reflets d'or, ruisselait sur lui en cascades jusqu'à l'ensevelir. Dressée au bord de la fosse dans laquelle il gisait maintenant, elle soupirait et chuchotait doucement :

« Mon pauvre Rodia, pourquoi n'as-tu pas écouté la voix de ton cœur ?... C'est ton orgueil, ton fol orgueil, qui t'a perdu ! Regarde-moi : je suis morte, et pourtant je vis ! Et toi, mon bien-aimé, regarde-toi : tu es vivant, et pourtant tu es déjà dans la maison des morts !... »

Elle pleurait des larmes de sang et ces larmes tombaient tout droit dans la bouche de Rodia ; celui-ci, paralysé, sentait le gel raidir ses membres ; il ne vivait déjà plus que par sa bouche ouverte en calice, recueillant les gouttes amères et poisseuses, pétales d'un cœur qui palpitait entre ses dents ; son corps allongé sur le dos, inerte, s'enfonçait de plus en plus profondément dans la terre humide et tiède, enveloppé d'une onde de chair, un tendre baiser d'oubli... Devant ses yeux figés, le trou de la surface s'éloignait inexorablement, point barré par une fourmi dressée contre le crépuscule... Il se laissait délicieusement aller à un sommeil sans fond tandis que le filet de voix de la morte, répercuté par les parois du puits, roulait en tonnerre à ses oreilles :

« Nous nous sommes tant aimés, Rodia ! J'ai cru si fort en toi, j'ai renié mes vœux, j'ai blasphémé contre l'ordre du Ciel et de la terre, j'ai renoncé jusqu'à ma propre existence !… Et toi, en quoi peux-tu croire maintenant? Mon âme est sœur de ton esprit, goûte donc à la terre des ancêtres et rejoins-moi dans les étoiles ! ! ! »

D'un coup, tout explosa autour de lui, et Rodion se retrouva dans une nuée, agrippé à la crinière d'un immense cheval blanc, celui de son rêve précédent ; ils survolaient un immense brasier dont les flammes les léchaient dangereusement. Sa monture, d'un bond, s'éleva tout droit dans le ciel de la nuit, très haut, jusqu'aux constellations. Et la voix de Nathalie scandait en triomphe :

« …Viens avec moi, et enfourchons les fiers coursiers de l'imagination ! »

Mais alors ils parvinrent dans un coin oublié de l'espace où régnait une sorte de demi-jour glauque, comme un matin d'usine dans une banlieue pluvieuse . Il se trouvait devant la porte d'une cabane de planches disjointes ; soudain il s'aperçut qu'il était nu, nu et seul dans cette nuit de néant. Une profonde angoisse l'envahit alors comme à ce premier jour d'école, quand il avait cru que sa mère l'avait abandonné. Un énorme sanglot naissait déjà dans sa poitrine ; un silence d'étoupe régnait et il en frissonnait quand la porte s'ouvrit en grinçant discrètement. Une voix douce et inquiétante, qu'il reconnut d'emblée, l'invita à franchir le seuil.

« - Entre donc dans ma modeste demeure, Rodion Romanovitch ! Je t'attendais ! Finalement, toi aussi tu y viens, je le savais bien ! Ils finissent tous par arriver ici; c'est incroyable comme l'enfer peut être à la mode… et très bien fréquenté, trop bien même, peut-être ! C'est d'un ennui mortel : les musiciens, les éphèbes, les prostituées, les servantes, les enfants qu'on achète... aucun n'est ici, à croire que ce sont tous des saints, ma parole! Comment peut-on s'amuser encore, dans ces conditions ? Il n'y a ici que des Youssoupov et des banquiers, des juges, des propriétaires et des bourgeoises, des prêtres, des journalistes, des conseillers d'Etat ; et même quelques poètes, bien sûr ce sont les plus mauvais ! Et tout cela hoquète et caquète, sasse et ressasse, se marche sur les pieds, se hausse du col, se moque et se brocarde, une vraie sous-préfecture ! Mais enfin tu es là. Avance donc, montre-toi mieux, il ne fait pas bien clair, et ma vue a baissé... Oh mais dis-moi, tu as bien rajeuni ! Quel âge as-tu ? Dix ans, peut-être ? Et puis tu es tout nu ! Viens là, mon petit Rodia ! Approche-toi un peu de ton vieil ami Svidrigaïlov ! »

Raskolnikov, horrifié, eut un mouvement de recul, mais la porte s'était refermée sur lui et il paraissait qu'elle était verrouillée ; sa détresse était immense, quand il sentit qu'il grandissait et que ses vêtements troués, maculés du sang de la vieille, le recouvraient à nouveau. Soudain il eut honte de son crime, tandis que Svidrigaïlov, se penchant et l'examinant mieux, s'exclamait :

« - A toi aussi, ils t'ont remis les hardes de l'assassin ! Ils le font toujours, ça les amuse. Mais il ne faut pas leur en vouloir. Pour la plupart, ce sont des hérétiques, ils ont fini sur le bûcher ou dans les tortures de l'Inquisition, alors ça les a rendus un peu facétieux !... De toute façon, Rodia, tu es fier de ce que tu as fait, je crois ? Tu le revendiques, tu regrettes seulement d'avoir hésité, puis de t'être livré ? Tu as raison, de toute façon, je ne te juge pas (je serais bien mal placé pour le faire, hé hé ! tu ne crois pas ?). Mais quel gâchis ! au lieu de perdre ton temps avec cette vieille, tu aurais pu me succéder dans l'infamie des jouissances interdites ! Le plus drôle, c'est cette théorie qu'on t'a mise dans la tête, et dont tu n'arrives toujours pas à te débarrasser ! Franchement, mon cher, tu croyais vraiment qu'en tuant cette punaise, tu allais liquider

Dieu et le reste, et gagner ta liberté ? Sincèrement?... J'en suis pantois !

Mais tout de même, quelle présomption ! La liberté, ça se mérite ! Si le premier pas est celui qui coûte le plus, il te reste quand même du chemin à faire ! Quelle naïveté ! Et comme j'envie ta jeunesse ! Je me souviens, je te ressemblais beaucoup, quand j'ai commis mon premier crime... et maintenant c'est toi, toi le pur au regard innocent, quel menteur !... Oui, c'est toi qui cherches désespérément à me ressembler, dans ta volonté d'exister à tout prix... »

Pendant ce discours Raskolnikov, dont les yeux s'étaient accoutumés à la pénombre, regardait autour de lui avec curiosité. La pièce était minuscule et basse de plafond, à peine pouvait-on y tenir assis ; Svidrigaïlov, vêtu d'une redingote noire, trônait sur un fauteuil ridicule, une sorte de cathèdre à la mode ancienne, beaucoup plus haute que large, de sorte que sa position semblait fort inconfortable ; il était coiffé d'un petit chapeau tyrolien orné d'un blaireau, et tout cet appareil lui donnait un air de majesté grotesque. Rodion était debout face à lui, presque à le toucher, le dos voûté pour ne pas se cogner la tête. Il n'y avait aucun autre meuble, dans cette cahute misérable de planches mal dégrossies. Dans le mur de gauche une large fenêtre s'ouvrait sur un espace grisâtre, traversé de lueurs vagues et de formes indistinctes.

« - La vue n'est pas très folichonne, pas vrai ?... Mais c'est pire quand ça se lève ! A ces moments-là, tu vois défiler les victimes de tes crimes qui collent leur nez à la vitre et te regardent en ricanant ! Le comble, c'est qu'on est enfermé : pas moyen de sortir pour aller leur tordre le cou... Si au moins je pouvais boire un bon cognac, déguster un cigare de Cuba, écouter un orchestre en caressant une fillette... Mais non, rien, aucune distraction ! Parfois la porte s'ouvre, et on peut aller se détendre un peu les jambes dans la cour : mais c'est encore moins drôle car alors tu te retrouves avec les autres, au milieu de toutes ces faces d'autres qui te regardent sans te voir, qui t'écoutent sans te comprendre, qui te frôlent de leurs doigts indifférents de poulpes... Ils égrènent sans fin le florilège de leurs petits crimes bourgeois, adultères de basse cour, tripatouillages d'arrière-boutiques, assassinats entre gens convenables, prévarications bien-pensantes ; ah les nobles forfaitures, les justes injustices, abus de droit et droit de l'abus, manœuvres de couloirs au service de leur cause, la cause de leurs sévices et leur pouvoir sans cause !... Toute cette mesquinerie me lève le cœur ; ils me feraient pitié, si j'en étais capable !... »

A ce moment une lune grimaçante apparut à la fenêtre. C'était un visage niais au front fuyant, aux pommettes saillantes et au nez déformé, le visage d'un homme encore jeune, au teint bilieux, le cheveu roussâtre planté en épis rebelles. Le dessin des rides et les tavelures jaunes dégageaient une impression de profonde stupidité ; cependant que ses petits yeux de rat, toujours en mouvement, veinés d'éclairs de ruse, trahissaient une méchanceté à vous glacer le sang.

Il cligna d'une paupière rouge aux cils blanchis dans un rictus affreux qui dévoilait des chicots noirâtres ; puis, après ce signe familier destiné à Svidrigaïlov il s'éloigna tout en se couvrant le chef d'un feutre à larges bords. Rodion Romanovitch nota qu'il était fort bien mis, à la mode des années cinquante, et qu'il brandissait une faux dont la lame était curieusement tournée vers l'avant, à l'inverse de l'usage ordinaire.

« - C'est mon ami Smertiakov, le valet de la Mort, s'exclama Arcady Ivanovitch. Depuis son arrivée ici il a trouvé un emploi à sa mesure ! dit-il en ricanant. Il est vrai qu'il avait déjà montré quelques dispositions par le passé... Le voilà parti pour sa moisson d'âmes. Bon vent ! Ce garçon est un peu simple d'esprit, il croit tout ce qu'on lui dit et il agit en conséquence... Aussi faut-il bien tenir sa langue quand on a la malchance de croiser son chemin !... Ta théorie du « meurtre libérateur » lui plairait grandement. Il en est d'ailleurs, si j'ose dire, la vivante illustration : c'est lui l'Homme Nouveau, délivré par le Crime !... Il ne connaît ni bien ni mal, il fauche les vies au hasard de ses pas, et reconstruit ainsi l'Univers à sa guise !... Et le voici, éternel et tout puissant ; il siège à la gauche du Malin, l'Antéchrist vient lui lécher les mains !... Son sort paraît enviable, somme toute, pour un simple valet méprisé de tous, fils d'une pauvre folle engrossée par son maître... Ce bâtard sans cervelle a pourtant su élever une belle « protestation » à faire pâlir d'envie nos jeunes libéraux de Peterbourg ! Juges-en plutôt : recueilli par le vieux libidineux, élevé et traité comme un domestique, il a fini par le tuer, non pour le détrousser, non, bien sûr que non ! Quoiqu'il l'ait volé un peu tout de même, par habitude, sans doute... Mais c'était un assassinat gratuit, pas même une vengeance, non, un acte d'abjection pure ! Voilà qui est admirable !... Quelle pureté dans le geste, quelle ardeur ! Nos rêveurs romantiques des beaux quartiers sont bien trop mous pour cela, il fallait que ce soit un homme du peuple ! La voilà la vraie force, celle qui déplace les montagnes... Et notre larbin a réussi du même coup à jeter cul par dessus tête toute cette belle famille bourgeoise : le fils aîné, accusé du meurtre, a pris vingt ans de bagne à sa place ; le cadet, l'esprit fort, l'inspirateur du crime aux mains propres et au cœur généreux, pris de remords, a sombré dans la folie la plus noire ; quant au benjamin, l'innocent, l'âme pure, décidé à se faire moine, doutant soudain de tout, et de Dieu et du reste, eh bien il a fini par jeter le froc aux orties pour s'en aller forniquer avec une infirme !... Vraiment, quel coup de maître ! Quelle apothéose, pour un damné !...

C'est bien cela, reprit-il, songeur : les fils tueront les pères et les valets les maîtres ; ils les détrousseront et mépriseront l'argent, le sale argent, l'argent du crime, l'argent taché du sang et du foutre des pères, l'argent fait chair, l'argent fait sang, cet argent désiré qui leur fait tant horreur, qu'il retombe sur leurs têtes et celles de leurs enfants, et des enfants de leurs enfants !... Et les héritiers fous, assassins du vieux monde, si on ne les envoie pas au bagne, c'est à l'asile qu'on les mènera ! Le reniement, la folie ou la mort, tel sera le destin des enfants de la Révolution ! Alors les valets, devenus rois de la prison du peuple, trôneront seuls sur cette chiennerie et se pendront d'ennui en se regardant vivre ! Quelle superbe conquête ! Quel renversement des valeurs ! Quel progrès décisif pour l'Humanité ! Ne serait-ce pas cela, en définitive, ce Paradis terrestre dont rêvent nos beaux esprits parfumés d'Utopie ? … »

Il s'arrêta, songeur ; cependant, Raskolnikov, que ce discours avait prodigieusement agacé, répliqua avec véhémence :

« - Je l'ignore, et je ne souhaite nullement le savoir ; toi même tu peux toujours parler, avec tes airs de Tirésias, tu n'en sais rien, rien du tout ! Tu ne vois rien, tu n'entends rien, tu ne sens rien ! Tu n'es qu'un vil cloporte écrasé dans la poussière du chemin, car tu es mort, et moi je suis vivant ! Tu n'existes pas, ta cabane et ton enfer non plus ! Je ne te vois pas, je ne t'entends pas, tu n'es pas ici, et moi je suis ailleurs ! … Je n'ai rien à te dire, tu n'as rien à m'apprendre. Non, les morts n'ont rien à apprendre aux vivants, les morts ne laissent rien derrière eux, si ce n'est leur mémoire ; moi j'appartiens à la vie, et je ne laisserai pas ton fantôme s'emparer de mon esprit ! Tu représentes tout ce que je hais, tu es d'hier, tu es le vice et la corruption, tout ce vieux fatras qu'il me faut jeter bas ! … Et pour cela je veux t'oublier, je dois t'oublier… D'ailleurs ça y est, tu vois ?… Je t'oublie déjà !

- Je ne vois rien du tout, c'est toi qui viens de le dire ; tu as raison, mais tu as tort quand même. Car c'est vrai, cet enfer est virtuel ; tout ce qui se passe derrière la vitre, tout cela n'est que chimère, ce sont des simulacres qui défilent, mais il n'y a rien, rien du tout, rien ni personne, pas même le Diable, pas même Smertiakov ! Non, rien de tout cela n'existe, ni moi, ni cette cabane, ni même mon fantôme !… Pourtant je suis là, pourtant je suis réel, et cela, c'est terrible ; je suis prisonnier de cette cahute perdue au fond de nulle part, « l'éternité sur quatre pieds carrés », et cela, c'est abominable… Et toi aussi tu es là, que tu le veuilles ou non ; toi aussi tu es prisonnier, que ça te plaise ou non ! Prisonnier de ton esprit, prisonnier de ta mémoire, prisonnier de ton remords… Tu n'y échapperas pas, car nul n'y échappe ; tu ne m'oublieras pas, car nul ne peut oublier son destin.

- Je t'oublierai, car je le veux ; tu n'es rien pour moi, et je ne te crois pas. Tu te prends maintenant pour un dieu grec, mais tu n'es qu'un atride au petit pied. Mon destin, ton destin, celui des hommes, le destin avec un grand D, cela n'existe pas ! C'est une invention des puissants et des prêtres pour asservir le peuple ! Mais moi, je crois aux lumières de la science et à la volonté de quelques-uns, plus éclairés, qui sauront guider l'Humanité sur la voie du Progrès ; je crois à la Liberté qui est notre avenir, quand l'aurore du Temps Nouveau se lèvera sous une pluie de roses et de rayons d'or, sur cette société d'égaux qu'il nous reste à construire…

- Construire !…s'exclama Svidrigaïlov avec un rire amer. Mais tu ne construiras rien, ni toi ni tes semblables, d'ailleurs ! Tu ne sais que détruire, tu es comme moi, même si tu ne supportes pas de l'entendre ! J'ai corrompu tout ce que j'ai touché de mes mains ; et toi aussi, cela t'arrivera, mais quand tu t'en apercevras il sera trop tard, bien sûr !… nous sommes tous deux des enfants malheureux, malheureux et tristes, et comme tu me ressembles… Oh, nous pouvons être fiers de nos œuvres, il y a de quoi : tels Midas, nous fabriquons de l'or ! Mais comme il pue, le parfum de cet or !… Et si l'on s'observait un peu, comme nous verrions pousser nos oreilles !…. Mais maintenant, tu vois, je ne touche plus rien ; car tout se change en merde, autour de moi ! »

- Il reprit, d'un ton songeur : « Même toi, mon petit, et quel dommage que tu aies grandi si vite ! J'avais tellement envie de toi, tu étais si mignon, si désemparé… Et puis, tu me rappelles tellement cette chère Dounia… J'aurais pu t'apprendre des tas de belles choses… Mais, si je t'avais touché…

- Tais-toi ! cria Rodion, en grinçant des dents. Tu es un être répugnant, je ne veux plus t'entendre. Retourne à tes démons ! Je m'en vais maintenant, je te laisse à jamais à ton inexistence !...

- Tu as raison, Rodia, reprends ta route, soupira-t-il ; mais ne te retourne pas ! Un conseil : ne te retourne jamais !... Tout cela n'en vaut vraiment pas la peine... Et oublie-moi, si tu le peux : ça me ferait plaisir, tu sais, ça m'aiderait peut-être à m'oublier aussi ; car mon enfer n'existe que par la mémoire de mes crimes... Mais tu verras comme la Liberté marche pesamment, comme elle est enchaînée aux boulets du passé ! Comme ses chemins tournent en rond... Et comme les aubes radieuses annoncent les petits jours sales !.... Adieu, Rodia ! Ou plutôt, au diable !... Porte toi bien, car moi aussi, je t'ai aimé, comme un père aime son fils... »

Rodion Romanovitch se jeta sur la poignée de la porte, bien décidé à la secouer et à l'enfoncer jusqu'à ce qu'elle s'ouvre ; mais elle céda sans difficulté, il fut dehors en un instant.

Il se trouvait dans une arrière-cour d'immeuble et le soleil brillait, haut dans un ciel sans nuage. Il se retourna, perplexe, et vit derrière lui une cabane à outils poussiéreuse, dont la vitre sale ne laissait rien deviner de l'intérieur si ce n'est un amas de toiles d'araignées. La porte, fermée par une chaîne rouillée et cadenassée, n'avait pas été ouverte depuis des années. Sur un pan de mur, un bout de miroir fêlé pendait à un clou. Il s'en approcha machinalement et se regarda. Il bondit en arrière, frémissant d'horreur : face à lui, le visage large et rougeaud de Svidrigaïlov le contemplait d'un œil narquois... La nausée lui souleva l'estomac.

D'un pas pressé Raskolnikov, longeant un mur, se dirigea vers le fond de la cour. Dans un angle, avant le passage sombre qui menait au porche, il vit une grosse pierre à demi descellée, une sorte de borne. Un frisson désagréable lui parcourut le dos. Il regarda ses mains. Des manches de la redingote sortaient les manchettes de sa chemise crasseuse, effilochées et tachées du sang de la vieille.

De l'autre côté de la rue un homme sans âge, le dos voûté, la regard fatigué, le fixait avec insistance ; il traversa pour se rapprocher de lui, le toisa d'un air méprisant et lui cracha : « Assassin ! ».

Son cœur se mit à cogner à une folle allure, et il pressa le pas ; soudain, une foule sortit de l'immeuble, en criant : « C'est lui ! c'est l'assassin ! » ; et Rodion, perdant son chapeau tyrolien, se mit à courir de toutes ses forces. Pendue sous son pardessus, il sentait la hache, dont le manche ballottait contre ses flancs au rythme de sa course.

Hors d'haleine il déboucha sur la place Sennaïa où se tenait le marché ; les forains se retournèrent, étonnés, pour le voir passer, haletant, une meute hurlante à ses trousses. Un couple d'enfants musiciens attira son regard : le garçonnet chantait *« le petit hameau »*[5] en actionnant un orgue de barbarie, la fillette dansait et frappait sur un tambourin, agitant ses bracelets et ses haillons bariolés de manière suggestive. Ils avaient les beaux visages graves de Kolia et Lyda. Dans un angle, Nathalie Zarnitsine le regardait tristement ; un trou sanglant béait au milieu de sa poitrine. En passant près d'elle, il l'entendit murmurer distinctement : « Tu vois cette misère, Rodia. Pourquoi ne te repens-tu pas ? Pourquoi ? Il est encore temps de nous sauver ; demain, hélas, demain, il sera trop tard.... »

Une lassitude extrême le submergea d'un coup et l'envie folle lui vint de s'arrêter au milieu de la place, de tomber à genoux, d'embrasser la terre et de hurler en se frappant la poitrine : « Oui, j'ai tué ! Moi, Rodion Romanovitch Raskolnikov, moi, le « Sauveur de l'Humanité », plus vil et plus misérable

---

[5] En français dans le texte

qu'Alena Ivanovna, je suis son assassin et je fais pénitence !
... »

A cet instant il aperçut devant lui une haridelle efflanquée qui le couvait d'un œil humide ; sans réfléchir il l'enfourcha vivement, piqua des deux et ils prirent le galop, s'engouffrant dans une avenue puis à gauche sur la perspective Nevski. Rodion eut à peine le temps d'apercevoir Polia, outrageusement fardée pour ses douze ans. Accoutrée d'une crinoline rose, elle arpentait le trottoir, vacillant à chaque pas sur ses hauts talons, agrippée à une ombrelle inutile ; son regard implorant lui balafra le cœur, fleur d'insulte à la robe indécente, au parfum désespéré. Il pâlit sous le coup ; baissant les yeux, le feu aux joues, il se pencha sur la crinière pour assurer sa prise. Le martèlement des sabots faisait trembler le pavé ; il eut l'impression soudaine de voir de chaque côté de l'avenue onduler la ligne des façades, comme un décor de carton-pâte sous le vent de sa fuite ; avec un étrange détachement l'idée lui vint que la réalité n'était qu'une mince pellicule masquant à peine *cela* qui se trouvait derrière, à l'attendre patiemment. Il pouvait mettre pied à terre ici, maintenant, soulever un coin de la toile peinte, *et tout s'arrêterait* : mais ne risquait-il pas de découvrir, dans sa nudité froide, le néant hideux à face de méduse ? ... Ou, pire encore, le reflet de son propre visage ? ...

Filant au grand galop à travers la place sous le regard ironique du cavalier de bronze, il quitta la berge dans un nuage de poussière d'or et plongea dans la Néva dont la surface se brisa en mille éclats, faisant exploser du même coup la bulle translucide du sommeil.

VI

UN ANIMAL SUR LA TERRE

Il s'éveilla de ce rêve glaçant dans un lit de fer à l'infirmerie du bagne. Ses compagnons de chambrée lui apprirent qu'il avait été pris d'une violente crise d'épilepsie alors qu'il visitait le local de « l'école ».

Cette nouvelle ne le surprit qu'à moitié bien que jamais cela ne lui fût arrivé auparavant .Cependant, malgré quelques rémissions, il ne s'était pas vraiment rétabli de sa maladie depuis plus de deux ans maintenant ; d'autre part sa mère lui avait raconté qu'autrefois son grand frère Mikhaïl avait été emporté, à l'âge de sept ans, par une crise de haut mal. Il était trop jeune à l'époque pour s'en souvenir précisément mais le visage apaisé de son frère sur son lit de mort, entouré de bougies et de fleurs dans cette chambre de printemps, les sanglots de sa mère, le regard éperdu de son père, tout cela s'était gravé à jamais dans sa mémoire ; par la fenêtre ouverte on entendait le chant entêtant des oiseaux en mal d'amour et une fraîche odeur d'étable et d'herbe coupée venait s'ajouter au parfum des lys et des premières roses, qui jonchaient le sol et le petit lit de fer forgé.

Il avait gardé le souvenir vivace des premières flèches du temps à la pointe exquisément douloureuse de l'absence : en un instant, entre deux trilles de rossignol, il avait senti dans sa chair que cet aîné qui l'avait tant fait rire, cet ami qui emplissait ses jours de jeux, de bourrades et de taquineries, plus jamais il ne le verrait, plus jamais il ne viendrait lui chanter des comptines le soir pour l'accompagner au seuil de l'oubli ... « Toute ma vie, Micha, tu me manqueras ! » s'était-il répété jusque dans le cimetière, jouant à scander cette phrase intérieure avec les battements du glas.

Mais à la première pelletée de terre, quand ses parents effondrés éclataient en sanglots, son petit visage s'était éclairé d'un pâle sourire à l'appel soudain du coucou, comme une réponse à sa chanson monocorde.

Et par la suite souvent, dans les moments de désarroi, de solitude, il avait senti comme une présence qui l'accompagnait et parfois se manifestait par des clins d'œil furtifs, des frôlements d'aile... C'était un jeu du cœur, non de l'esprit ; bien plus tard, à l'âge adulte, il avait oublié tout cela, et son frère et le reste... Mais inconsciemment, malgré la pensée positive, froide et rigoureuse, qui s'était emparée de lui et commandait chacun de ses actes, son cœur jouait encore. Inexplicablement le chant du coucou, un hasard objectif, de petits signes indistincts lui arrachaient une ébauche de sourire et soudain là, comme par une évidence inattendue, la lumière l'inondait un instant, le submergeait d'une douce chaleur.

D'un coup, tout cela l'aveugla et lui revint en éclats de passé qui scintillaient dans sa mémoire. L'épilepsie, ce démon femelle à la face ravagée, ce n'était donc avant tout qu'un mot, un mot et des rêves torturants, un éveil courbatu, avec cette sensation étrange de renaissance ; renaissance au monde, aux fleurs, aux oiseaux, à l'air léger du printemps, aux bouleaux verts et blancs de la forêt dansante, à sa mère, à son frère Micha, aux jeux dans la prairie et au soleil natif, à son bonheur d'enfance enfin retrouvé. Rodia ferma les yeux pour se livrer sans réserves à cette sensation nouvelle, à l'écoute de son corps, guettant la rumeur de la nature qui parvenait faiblement par la fenêtre ouverte malgré les palissades, les gardiens, l'enfermement, la douleur du manque. Du tréfonds de son être aussi, la vie battait en lui, martelait sa poitrine et les artères de son cou au rythme de ce glas qui jamais depuis lors n'avait cessé et qui souvent pleurait, mélancolique, perché sur les gibets du doute et de la souffrance.

Une semaine passa sans qu'il s'en aperçût ; les autres fumaient, jouaient aux cartes, racontaient des histoires de leurs villages, l'entouraient de la sollicitude un peu grasse de paysans et d'hommes du peuple. On amena un jour un évadé qui, repris, était passé aux verges. Il avait dû marcher le dos nu devant les soldats rangés en file, dont chacun abattait sur lui une baguette souple avec un bruit mat. Après avoir enduré cinq cents coups son dos n'était plus qu'une plaie sanguinolente ; il avait terminé le parcours soutenu par deux sous-officiers. C'était un vrai forban, fier et endurci ; il n'avait pas laissé échapper une seule plainte pendant le châtiment et on l'avait conduit à l'infirmerie au bord de l'évanouissement, les lèvres écumantes et le regard vitreux. Mikhaïl Abramovitch (c'est ainsi qu'il se nommait) passa trois jours dans un coma agité, se tournant et se retournant dans tous les sens en poussant des grognements ; puis il émergea, et se mit à raconter l'histoire de ses brigandages.

Après avoir quitté ses maîtres lors de l'abolition il avait éprouvé un tel appétit de liberté qu'il n'avait pas envisagé une seconde de se mettre au service d'un propriétaire, ou de quelque fabricant. Il fuyait les villes, trop peuplées à son goût de gens en uniforme, et s'était mis, avec deux ou trois compères, à écumer les routes, pillant, volant, rançonnant les voyageurs, les tuant sans pitié à la moindre résistance. Il ne tirait nul orgueil de ses forfaits, mais n'en éprouvait pas de remords non plus, au grand dam de Raskolnikov qu'il avait pris en amitié. Simplement, comme dans toute communauté d'hommes, on se racontait pour tuer le temps, meubler le silence insupportable et éloigner l'animal dangereux toujours aux aguets dans le regard de l'autre. Une illusion de fraternité rassemblait ainsi, dans le bocal fermé de la prison, les victimes et les assassins, les voleurs et les volés, dans la fascination du crime et la jouissance de l'interdit autour d'une parole magique qui libérait les consciences et faisait vaciller les murs de la raison.

Condamné à vingt ans de bagne, Mikhaïl Abramovitch s'était évadé après sept années de vaines tentatives ; repris au bout de cinq jours à demi mort de faim, il s'était débattu comme un beau diable, étranglant presque le capitaine des gendarmes avant de s'avouer vaincu. Pour cela il risquait une nouvelle condamnation d'au moins dix ans de travaux forcés ; il n'en avait cure, ne songeant à nouveau qu'au moyen de s'échapper encore, pour de bon cette fois-ci.

« - Aimes-tu la liberté autant que tu le dis ? » lui demanda Rodion Romanovitch. « Peux-tu vraiment y prétendre, alors que tu n'hésites pas à l'ôter– avec la vie – à ceux qui se mettent en travers de ta route ? »

« - J'aime ma liberté comme une maîtresse, je ne me pose pas ce genre de questions. Les autres sont les autres, ils n'ont qu'à éviter de me faire du tort. Ce n'est pas moi qui irai les chercher !...

- Soit. Mais tout de même !... Ces hommes que tu as tués, ils avaient une famille, des enfants, ils voulaient vivre et être heureux, seulement cela !... En quoi méritaient-ils la mort ? Ce n'étaient pas tous des propriétaires ni des oppresseurs !... C'étaient des hommes, eux aussi, comme toi et moi ! Ta liberté suppose-t-elle donc que tu commettes de telles injustices ?...

- Tu m'ennuies, avec tes questions ! J'ai besoin d'eux pour les voler, et assurer ma subsistance ; je n'éprouve aucun plaisir à les tuer, aucune douleur non plus. S'ils me gênent, je les écrase, comme de vulgaires insectes. C'est tout ! Parce qu'il le faut. C'est le prix de ma liberté. Leur vie, leur mort, leurs joies, leurs peines, leurs amours, leurs deuils, tout cela m'indiffère. Cela ne veut rien dire. S'ils ont vécu jusque là, c'est parce qu'ils le devaient ; s'ils ont croisé ma route, c'est parce qu'ils le devaient ; et s'ils sont morts, eh bien, ils le devaient aussi !... En quoi tout cela devrait-il me gêner ? Je ne m'en réjouis certes pas ; mais pourquoi devrais-je pleurer le destin des mouches ?

- Tu dis toi-même que tu as besoin d'eux, ne fût-ce que pour les voler...

- Oui, bien sûr ! Mais je ne cherche pas la société des hommes ; au contraire, je la fuis de toutes mes forces ! Celle-ci m'a d'abord fait naître en esclavage comme mes parents, mes grands-parents et tous mes ancêtres... Puis elle m'a affamé et jeté sur les routes ; ensuite elle m'a poursuivi, rattrapé, jugé, condamné et envoyé au bagne !... Suis-je en dette avec elle ?... Et que lui devrais-je donc ?... Ma vie ?... C'est tout ce qui me reste, et encore, parce que je l'ai gardée jalousement pour moi ! A peine suis-je dehors, qu'on cherche à me la prendre et à me la reprendre ! Alors il est juste que j'agisse ainsi : leurs vies contre la mienne !... Ainsi serons-nous quittes, la société et moi. Je ne suis pas méchant homme et je ne souhaite de mal à quiconque, pas même aux gendarmes qui m'ont pris et repris ni aux juges qui m'ont condamné et s'apprêtent à me recondamner. Non, je ne veux que la paix, l'indifférence des autres et la liberté des bois.

- Et aussi celle de tuer ton semblable ?

- Celle de tuer, oui, si c'est nécessaire ; mais pas en criminel, non. Ce n'est pas cela. Je tue comme un homme qui chasse pour se nourrir. Cela n'est pas un crime ! Je suis un sauvage, je n'ai pas de semblable ; je suis unique, tout ce que je peux prendre m'appartient. Je vis en dehors de leurs cités et de leurs villages ; je ne demande rien, et ne ressens nul besoin de leur protection. Je suis étranger, étranger à leurs villes et à leur monde ; qu'on me laisse donc en paix ! Et toi aussi, avec tes questions...

- Une dernière, cependant, je t'en prie. N'éprouves-tu jamais de remords ? Ne vois-tu pas, la nuit, quand tu cherches le sommeil, leurs visages ensanglantés qui te fixent ? N'entends-tu pas leurs cris, leurs gémissements, les larmes de leurs mères, de leurs femmes, de leurs enfants ? Ne sens-tu pas l'odeur corrompue de leurs cadavres ? Le goût de leur sang sur tes lèvres poisseuses ? Peux-tu encore écouter le chant de la rivière, le murmure du vent dans les arbres, sans être assourdi par ces hurlements ?....

- Non, rien de tout cela, vraiment. Je dors comme un enfant. Le remords, as-tu dit ? Mais qu'est-ce donc que cela, le remords ?...

- Une sorte de scrupule de conscience, les vagues du monde troublé par tes actes qui déferlent sur toi en tempête jusqu'à t'engloutir...

- Comme tu causes bien ! Tu sembles en savoir plus que moi là-dessus... Et tu me fais rire, avec ta conscience ! Conscience de quoi, conscience de qui ? Je suis un animal sur la terre, j'agis seulement d'après mon intérêt : je vis selon mes besoins. Si je veux quelque chose, je le prends ; si l'on me résiste, ou si l'on me pourchasse, je deviens féroce et je tue. Mais il m'arrive aussi d'avoir envie de douceur et de joie : je sais être généreux ; je sais rire et faire rire, et j'adore les enfants. Malheur à qui oserait en toucher un devant moi !... A une certaine époque, j'ai vécu avec une jeune femme enlevée à un marchand, sur la route de Novgorod ; pour une fois, je n'ai pas eu besoin de la violer. Ma mine lui a plu tout de suite, et d'ailleurs elle venait d'être vendue à ce gros porc qui la répugnait. Il n'avait pas encore eu le temps de la toucher quand je l'ai saigné ! Comme il m'a fait rire avec ses cris de cochon qu'on égorge et ses supplications : « Ne touche pas à Nastassia, ma colombe chérie ! Ne lui fais pas de mal ! Laisse-la partir, je t'en prie à genoux ! »

Oh, elle savait rire, elle aussi, elle était de mon monde ! Nous avons fait une fête d'enfer pendant trois ans. Je l'ai couverte de bijoux et d'étoffes précieuses ; nous avons bu comme des trous et dansé la roussalka dans toutes les auberges, à en faire trembler la terre, à décrocher la lune ; et puis un jour elle a voulu partir avec un jeune officier dont elle s'était amourachée. Dans un premier mouvement j'ai pensé les tuer tous les deux ; mais, à la réflexion, je me suis aperçu que je n'avais plus rien à faire avec elle. Je n'ai pas voulu la retenir, comme je n'ai pas voulu qu'elle me retienne. C'est peut-être là que j'aurais eu du remords, si je l'avais poignardée, qui sait ?... Elle aurait voulu se venger, et m'entraîner avec elle dans la fosse des amours mortes ?... Alors, grand prince, je lui ai offert une fête d'adieu de tous les diables, et tous sont venus à la noce. Le petit lieutenant, tout déçu de n'avoir pas eu son duel, en était ébahi. Quel tremblement ! Ils s'en souvient encore. Et puis elle est partie avec son destin, ses bijoux et ma bénédiction, ce qui ne vaut pas lourd. Etait-ce bien ou mal, d'agir ainsi ?... Ma foi je l'ignore, et à vrai dire je m'en moque totalement ; le monde est né avec moi, il vit autour de moi ; il disparaîtra quand je mourrai. En attendant, il est à mon service, et j'en jouis à ma guise. Et si parfois les chiens arrivent à m'entraver, je secoue leur joug et je m'échappe. C'est bien ainsi, et je vis heureux ; je dors sur mes deux oreilles. Pourquoi rêver d'autre chose ?... »

Rodion Romanovitch écoutait tout cela avec perplexité ; il enviait la robuste simplicité de cet homme. Il imaginait aussi la formidable destinée qu'un tel être pourrait accomplir, pour peu qu'il soit guidé dans ses actes par un projet à sa mesure.

Cependant la cicatrisation s'opérait mal ; le dos du brigand s'infecta, un pus verdâtre se mit à suinter, laissant exhaler une odeur douce et écœurante d'amandes pourries ; l' escarre se creusa peu à peu jusqu'à devenir énorme, tandis que Mikhaïl Abramovitch sombrait de nouveau dans la fièvre et le délire. Au début il souriait, s'exclamait parfois : « Danse, Nastassia ma douce colombe, danse et envole-toi, vole autour de moi, chante ! » en riant aux éclats. Puis il s'agitait, il réclamait de l'eau de vie, des crêpes, du champagne et appelait les démons par leurs noms : « Lucifer ! Belzébuth ! Asmodée ! Astaroth ! Venez autour de moi, faites le cercle, mettez-vous en étoile ! Et toi aussi Lilith ! Comme tu es belle ! Ecoutez le récit de mes crimes et riez avec moi ! » Disant cela, il grinçait des dents de façon effrayante.

Enfin dans les derniers temps il se mit à décrire des choses étranges, à égrener des noms, à détailler le butin de ses pillages, et il semblait poursuivi par des inconnus sans visage, qu'il défaiait parfois : « Venez ! Montrez-vous donc ! Otez vos masques, approchez-vous de moi, si vous l'osez ! Je vous ai égorgé une première fois, je peux recommencer aussi souvent qu'il le faudra ! Vous ne me faites pas peur ! Vous êtes mes créatures ! Je vous détruis, je vous efface ! Telle est ma volonté ! Mais pourquoi ne disparais-tu pas, Trofime Trofimovitch ?... Désobéirais-tu à ton maître ? Et toi, Maxime Pétrovitch ? Ou toi, Nina Sergueïevna ? Vous osez me défier ? Vous n'avez pas le droit, vous n'avez aucun droit ! »... Cela durait ainsi pendant des heures, jusqu'à l'épuisement.

La dernière nuit, les visions se firent plus sombres, terrifiantes même. Une armée de fantômes le poursuivait jusqu'aux portes de l'enfer, des flammes jaillissaient, des fleuves de sang se déversaient autour de lui au milieu de hurlements et de grincements à déchirer la tête. Se dressant sur son séant il appela Nastassia puis sa mère ; une expression lamentable se peignit sur sa figure. Soudain il s'affaissa, et il expira.

Au lendemain de cette nuit terrible, malgré les mouches bourdonnantes et la puanteur du cadavre qui verdissait déjà à ses côtés, ouvrant les yeux au monde qui s'ébrouait dans le magnifique printemps sibérien, Rodia ne put s'empêcher de constater que la mort de Mikhaïl Abramovitch n'avait pas tout englouti.

En souriant, il reconnut alors qu'il avait faim.

VII

NI GAUFRES NI SIROP

A la sortie du faubourg d'Omsk, dans la presque-campagne endormie il y a une maisonnette à étage un peu délabrée aux volets bleus mi-clos, faite de torchis et de rondins. Le lecteur invisible égaré dans ce quartier doit pousser un portillon à claire-voie dont l'ouverture déclenche le tintement d'une clochette puis traverser le jardin du devant, abondamment fleuri, avant d'atteindre le seuil.

A la porte couleur d'azur personne ne s'est présenté ; après un temps d'attente, ne voyant rien venir, le voyageur des mots pourrait se glisser dans le corridor ombreux, échappant ainsi à la chaleur blanche de midi.

Tout est calme à l'intérieur et le regard s'habituerait peu à peu à la semi-obscurité du lieu tandis que lui parviendraient les bruits subtils qui ondulent le silence assourdissant : le martèlement du sang dans ses artères enfiévrées par la longue marche au soleil, le bourdonnement d'une mouche prisonnière, le craquement d'un meuble, le tic-tac opiniâtre de la pendule, toute proche, accroupie sur la cheminée du salon (prête à se jeter sur l'intrus, le saisir à la gorge ?...) et enfin, du fond de la demeure, le hoquet étouffé, spasmodique, angoissant, de sanglots irrépressibles égrenés dans le secret d'une chambre fermée, volets clos sur une solitude, une douleur, un désespoir d'être au monde.

La première porte donne, à droite, sur une pièce de réception chichement garnie où l'on trouve le poêle émaillé, une bergère, une table rustique, un buffet, le divan, quelques sièges ordinaires ; divers bibelots d'un goût hasardeux sont disposés çà et là, dont la pendule entendue tout à l'heure qui trône sur une fausse cheminée de marbre rose. C'est un objet remarquable de style anglais : le cadran de porcelaine et le cylindre cuivré du mécanisme sont supportés par deux colonnes grecques en bronze surmontées d'un fronton triangulaire orné d'une frise en biscuit de Wedgwood qui fait apparaître, sur fond bleu pâle, la figure blanche de Léda subissant l'assaut du cygne ; le balancier, qui oscille inlassablement d'un pilier l'autre, est lesté d'un Eros voletant à l'arc bandé vers le côté gauche.

Il n'y a personne et la deuxième pièce du rez-de-chaussée, une cuisine aux murs recouverts de carreaux de Delft, est vide aussi. Au fond, il y a une vérandah aux fauteuils de rotin ouverte sur le potager.

Par delà la haie il n'y a plus de maison mais une vaste prairie très verte qui descend assez abruptement puis remonte un peu et s'interrompt d'un coup pour laisser place à la forêt sombre et massive, dont la haute lisière barre l'horizon. En l'apercevant ainsi chargée de mystère et de menaces murmurées du fond de la mémoire des hommes, le visiteur indiscret sentirait alors la double prise de l'angoisse, impitoyable folle au regard révulsé, qui lui serrerait la gorge avec douceur d'une main satinée, avant de lui poindre le cœur d'une senestre aux os crochus. Une mouche bleue prisonnière de la cage de verre couvrirait un instant le sanglotement persistant de ses bourdonnements frénétiques en se cognant contre l'obstacle invisible qui lui ferme l'accès au ciel.

Le souffle léger de ton esprit vagabond, se glissant dans l'escalier, suffirait à faire grincer doucement une ou deux marches cirées sans pour autant troubler l'occupante de la deuxième chambre de l'étage que tu découvrirais gisante, en travers du grand lit de fer forgé, la face tournée contre l'édredon, rougie de pleurs poisseux et salés.

Sonia dans son éternelle robe d'indienne aux fleurs passées serre dans sa main quelques feuillets couverts d'une écriture nerveuse. Au sol, sur le plancher sans tapis, gît une boîte en fer un peu rouillée, ancien emballage de biscuits d'enfant à en juger par la réclame que l'on déchiffre encore sur l'étiquette jaunie du couvercle. Ce dernier, rectangulaire, est soigneusement posé sur le marbre de la table de nuit, à côté de la lampe à huile éteinte et d'un mouchoir de dentelles brodé d'un chiffre que l'on ne peut encore distinguer, dans la pénombre moite.

Cependant d'autres feuilles, nombreuses, aux lignes serrées et régulières, s'échappent comme un trop-plein de la boîte renversée au fond de laquelle on devine aussi la présence de lettres, de carnets, peut-être de poèmes, et d'objets d'écriture : plumes, encrier, cire à cacheter...

L'une des pages, la première, étalée bien à plat sous le mouchoir froissé, ne comporte qu'une seule ligne en son milieu, de grandes anglaises arrondies, calligraphiées à l'encre mauve, comme pour figurer un titre :

« JOURNAL DE MA VIE »

Un examen plus attentif révèle en haut, en capitales d'imprimerie, une inscription plus discrète, quoique bien en vue, le nom de l'auteur sans doute : CATHERINE IVANOVNA K....... . Le nom de famille est rendu illisible par une tache claire, arrondie, qui a en partie effacé l'encre et produit une auréole ponctuée d'une multitude de points roussâtres.

Un coup d'œil rapide sur le reste de la pièce montrerait une coiffeuse un peu démodée, un tabouret tournant, une table de bois brut, une chaise paillée et dans le coin près de la fenêtre une grande armoire à pointes de diamants ouverte à deux battants, le seul vrai luxe dans cette pièce sans confort.

En s'approchant on pourrait remarquer que l'intérieur comprend à gauche une penderie presque vide qui renferme les maigres toilettes de Sonia ; à droite quelques rayonnages chargés de linge frais bien plié, à l'usure cependant visible. Le rayon du bas où l'on aperçoit des chiffons entassés, un *carryall*[6] en cuir fatigué, de vieilles chaussures et tout un fatras d'objets hétéroclites, est en désordre, comme après une fouille. Tout au fond dans le coin gauche un rectangle sans poussière laisse deviner la place qu'occupait la boîte, avant qu'on l'eût tirée de l'oubli.

Sur les murs quelques reproductions sont suspendues, masquant à peine les déchirures du papier dont le motif rose sur fond blanc représente une scène galante (une paysanne aux pieds nus sur une escarpolette, poussée par un noble rieur, se pâme, renversée en arrière ; un envol de jupons en dentelles dévoile ses fines chevilles).

Dans les cadres on reconnaît une vue de Delft portant la signature de Vermeer (le propriétaire des lieux semble décidément avoir une prédilection pour l'art flamand), un tableau naïf représentant Napoléon et ses troupes, désemparés devant Moscou en flammes, au crépuscule (on éprouve le sentiment que la vraie catastrophe, c'est ce crépuscule ; que sans cela tout serait différent), et une photographie montrant des indigènes aux yeux bridés accroupis autour d'un feu de bois, souriant de toutes leurs dents. Ils sont chaudement vêtus, le paysage est couvert de neige, des cadavres de gros animaux (des ours ? des loups ?) sont étendus au premier plan, tels des trophées de chasse.

Sur la coiffeuse, dans le coin droit près du miroir aux bords biseautés deux icônes sont posées. Ton regard curieux les effleurant serait accroché, presque hypnotisé par celui,

---

[6] En anglais dans le texte

vertigineux, du Christ pantocrator qui flotte comme un sourire ; double abîme en ce visage intemporel au masque grave (mais non sévère) ; ponctuation de la main qui bénit – mais qui bénit-elle ? et pourquoi ? Au nom de quoi, au nom de qui ?...

En te penchant pour observer mieux tu noterais avec intérêt que la main gauche est posée sur un livre ouvert, l'Evangile, sans doute ; cependant que la dextre, dressée au bout d'un avant-bras à demi déployé, dessine un signe étrange : le pouce appuyé sur l'annulaire forme avec celui-ci un cercle fermé dirigé vers toi, paume en avant. L'index pointe vers le ciel, devant le médius et l'auriculaire légèrement incurvés.

Tu reviendrais au Livre, puis au visage, et tu éprouverais alors l'étrange sensation de l'avoir déjà vu ; non pas une fois, ni deux, mais des dizaines, mais des centaines de fois, sans pour autant te rappeler de qui...

La deuxième icône plus petite représente Marie-Madeleine, assise, essuyant les pieds du Christ avec ses longs cheveux.

Il y a une petite bougie éteinte devant les images pieuses ; à côté, devant le miroir, sont étalés quelques objets en désordre : une brosse à manche d'argent, un peigne, un pot de fard, un flacon, un vaporisateur...

Soudain, tu tressaillirais : quelque chose aurait bougé dans la glace, tu y reconnaîtrais ton propre reflet. La voix de Sonia s'élèverait alors, douce et calme, mais elle résonnerait en toi et non autour ; dans la pièce rien n'aurait changé, tu resterais invisible et Sonia, allongée, sangloterait toujours, inconsolable.

« - Tu me crois imaginaire, mais c'est toi qui es rêvé. J'existe ici depuis longtemps, depuis toujours peut-être ; toi, tu ne fais que passer. Tu viens du néant de ton existence, tu y retournes aussitôt ; tu ne t'éveilles à la conscience de ma réalité que lorsque tu te fais lecteur. Ma densité est plus forte que la tienne ; je suis un être de chair et d'os, façonné pour l'éternité de l'œuvre à laquelle j'appartiens ; tandis que toi tu n'es qu'une ombre, un reflet fugitif dans le miroir, et c'est moi qui t'imagine. Es-tu jeune ou vieux, beau ou laid ? Qu'importe. Toi-même, tu me vois telle ou telle selon ta fantaisie, à peine guidé par les indications volontairement pauvres du roman. Tu as besoin de moi pour vivre avec intensité, pour être ailleurs, en cette autre fois (en cet autrefois ?) avec moi, avec Rodia, pour vibrer avec nous, aimer ce que nous aimons, haïr ce que nous haïssons ; et j'ai besoin de toi pour recommencer inlassablement à pleurer à cette page, à chaque fois que tu ouvres ce livre.

C'est la seule et véritable énigme : sans toi je ne suis rien, et pour moi tu n'es rien. Je ne te connais pas mais j'ai besoin de toi. Tu ne peux ni me voir, ni m'entendre, ni me toucher, et pourtant tu es là, tu me vois, tu m'entends, tu respires mon parfum, et tu m'aimes déjà. Ne souris pas, je le sais et tu le sais aussi. C'est le plus bel amour ; tu le vivras toute ta vie sans jamais l'assouvir, et tu t'endormiras dans la mort avec mon souvenir. D'autres viendront alors et me réveilleront de leur souffle léger ; pas plus que toi ils ne sauront sécher mes larmes. Aucun ne me possédera. Je suis à Rodia, je suis à cette histoire, cette histoire est à moi. Mais elle t'appartient aussi, en la lisant tu la possèdes tout entière, et pourtant elle t'échappe comme le sable d'or qui file entre les doigts. Tu ne peux rien retenir, tu repartiras nu, comme tu es entré. Et cependant tu seras plus riche ; plus riche de nos rires et de nos pleurs, de nos pensées, de nos craintes et de nos désirs ; plus riche aussi de nos fautes, de nos erreurs, de nos crimes et de nos remords.

Mais celui qui t'a faite, dis-tu ? Celui qui tient la plume ? Celui qui déroule ce fil d'encre ténu, le fil de nos vies, et qui à tout instant peut décider de le rompre en posant le stylo, d'un claquement sec et résolu, par lassitude ou par ennui ?... A l'instant précis où Il écrit ce mot, maintenant, tout le reste est en suspens et peut-être ne *sera* jamais. Tout dépend encore de

Lui. C'est Lui, le Créateur. Il nous envoie, nous, les Personnages, pour délivrer Son message aux hommes, et... comment dire ?... leur donner une chance de... rédemption ? ... C'est un mot un peu fort, et pourtant... c'est cela tout de même. Nous n'agissons pas au hasard. Mais Lui, est-Il vraiment libre ?... Autant qu'Il puisse le croire, encore maintenant ?... Pourquoi parle-t-Il de *nous* ? De *nous*, précisément ?... Pourquoi a-t-Il été nous chercher, dans notre Russie lointaine et révolue ? Alors que tout paraissait avoir été déjà dit, déjà écrit ?... »

Tandis que, dans le silence revenu à peine ponctué par les sanglots de Sonia l'écho de ces paroles résonnerait encore en toi, tu percevrais une présence nouvelle ; et pétrifié tu découvrirais dans le miroir un petit homme barbu, âgé d'une soixantaine d'années, agenouillé près du lit. Il caresse doucement les boucles blondes de Sonia, en te fixant d'un air songeur.

« - Non, Sonia, ce n'est pas cela, dit-il d'une voix douce, mais tu ne peux le deviner ; tu es trop simple, même si ton esprit est fin, et puis, nulle créature ne peut pénétrer le dessein de son Créateur...

Non, je n'avais pas tout dit, et je le savais. On ne peut pas tout dire, encore moins l'écrire. Il est vain de vouloir peindre la Totalité, et pourtant une pulsion irrépressible nous y porte ; sans cela, il n'y aurait pas de Livre – mais y aurait-il encore une Humanité ?.... Je parle en vain, Rodion et toi le savez bien, vous sentez dans vos entrailles ce besoin d'une suite, car tout cela n'a pas de fin... Néanmoins faut-il qu'il y ait un sens pour que nous agissions ?... Il y a la page et cette irrépressible nécessité de la noircir au plus vite et tous ces mots qui se chevauchent, qui s'entrechoquent et s'enchevêtrent dans le cliquetis de la langue où naissent et meurent les idées, les situations, les personnages, les destinées.... . Et puis la Mort est venue me chercher trop tôt ; elle vient toujours trop tôt, comme une amoureuse éconduite autrefois et qu'on n'attendait plus, comme la délaissée qui se rappelle à nous à la fin de la noce... Quand elle fait son entrée, parée dans sa robe de bal, soudain révélée dans sa beauté cruelle, satin noir, épaules nues, coupante comme un soir de gel, à cet instant-là tout s'arrête, l'orchestre cesse de jouer, les lampions s'assombrissent ; le voyageur transi pose sa valise, le cocher lâche son fouet, la plume échappe aux mains de l'écrivain, Pierrot oublie Colombine, et tous tombent, subjugués, sans force, à ses genoux.

Elle nous relève alors de sa main gantée, osseuse, et, abandonnant tout, oublieux de nos vies, nous la suivons, dociles, et partons avec elle pour une destination inconnue.....

C'est ainsi que je vous ai lâchés au bord du chemin ; je vous aimais pourtant comme un père, peut-être même plus ; car vous étiez ma vie... Mais vous ai-je seulement créés ?...

Je me souviens encore de ce petit matin froid de décembre dans les fossés de Pierre-et-Paul ... On nous avait alignés le long du mur les mains liées dans le dos et le peloton de soldats s'était rangé devant nous, à quelques mètres, en ordre de tir... Pendant que l'officier d'une voix enrouée, rugueuse, nous lisait la sentence « au nom de l'empereur bien-aimé, tsar de toutes les Russies » et que l'on bandait les yeux de mes compagnons, je contemplais le soleil rouge, énorme, qui se levait une dernière fois pour moi, faisant luire le clocher de la forteresse au-dessus des murailles et des toits blanchis de givre, entre les fumées qui montaient droites comme des fils de coton dans le bleu insoutenable... Soudain, tandis que les premières détonations déchiraient le silence, l'écran de mes paupières s'est éclairé et vous êtes apparus devant moi, dansant comme les lutins frileux d'une lanterne magique. Vous étiez tous là : Sonia, Rodia, Catherine Ivanovna, Porphyre, Marthe Petrovna, Svidrigaïlov et les autres... Vous jouiez en accéléré les épisodes de vos tristes vies mêlés à ceux de la mienne ; un à un je vous reconnaissais, passants anonymes croisés au hasard de mes déambulations dans les ruelles de Peterbourg... J'étais debout en spectateur comme autrefois petit garçon devant les marionnettes, et j'éprouvais une vraie joie d'enfant !... J'étais vraiment redevenu en un clin d'œil ce gamin aux yeux écarquillés, je serrais la main de ma mère, un doux parfum d'enfance me piquait le nez, j'avais envie de pleurer et de rire, de rire ! comme jamais... Maman me souriait, m'embrassait et me chuchotait : « Fédia, mon Fédotchka chéri, tu vas attraper froid ! Viens, rentrons ; ces marionnettes font soudain des bêtises, elles ne me plaisent plus ! Je te ferai des gaufres et des crêpes, avec du sirop brûlant ! Viens avec moi, mon cœur ! »

Et elle m'entraînait et je trépignais car l'histoire n'était pas finie, c'était justement au moment le plus intéressant qu'il fallait partir...

Quand la fumée des fusils se dissipa dans l'odeur âcre de la poudre, nous étions tous tombés à genoux sur le sol dur, certains à plat ventre ; d'autres hurlaient, appelaient, invoquaient la Vierge ; l'un criait à tue-tête : « la Liberté ou la Mort ! »... Mon bandeau avait glissé et moi je pleurais en silence, enfant déchu, car les lampions s'étaient éteints ; je ne te voyais plus, Sonia, ni toi ni les autres ! Je vous avais perdus, Maman m'avait lâché la main et s'était évanouie dans la brume ; j'étais seul, personne ne me consolerait, il n'y aurait ni gaufres ni sirop, jamais, jamais, jamais !

Et en même temps je riais, je riais aux éclats, je me tordais de rire aux pieds des soldats médusés ; je remerciais « l'empereur bien-aimé, le tsar de toutes les Russies » de m'avoir offert ce spectacle, de m'avoir rendu le goût des années mortes... Je me sentais appelé, vous réclamiez ma main, ma plume, mon amour même ; j'étais hypnotisé par ce tourbillon d'êtres et de sentiments, vous m'aviez déjà pris par le cœur, je le sentais au plus profond de mon être, vous ne me lâcheriez plus...

Cependant à ce moment encore j'aurais pu (l'aurais-je pu, vraiment ?) tourner le dos, fermer mon cœur et regarder ailleurs ; j'étais libre de le faire et de choisir une autre route, n'est-il pas vrai ?... Je serais devenu autre ; ma vie aurait pris un tour différent, le monde lui-même eût été subtilement autre sans mes romans, sans mes personnages... Et vous tous seriez restés dans les limbes de l'écriture, à vous déchirer dans les marges sans rime ni raison, à vivre en filigrane de pages non écrites...

Mais non, je n'aurais pu commettre un tel crime et vous abandonner ainsi ; dans cet instant où la Mort elle-même s'était enfuie grinçant-tordue[7] de hoquets, hilare, vous m'avez préservé de la folie aux yeux blancs qui gluait déjà son baiser sur mon front....

Non, ce n'est pas moi qui vous ai créés, non, bien au contraire ; c'est vous qui m'avez fait naître à la vie, la vraie, pas celle de la grisaille et des trahisons quotidiennes, pas celle du pouvoir et de ses méandres, des prisons, de la solitude, de l'échec et des espoirs déçus...

Non, celle-ci ne mérite pas qu'on s'y arrête, même s'il faut la vivre car on n'a pas le choix... Non, ce dont je parle c'est de la vie multiple, toujours recommencée, ce grand fleuve pailleté qui déborde les rives de la raison et dévaste tout sur son passage, cette cohorte de mots, de phrases qui roulent comme des galets dans un bruit de cascade, cet Orénoque du rêve bouleversé d'images, traversé de fulgurances aquatiques comme d'autant de poissons vagabonds, énorme flot vert d'absinthe soulevant sur son dos le bateau ivre du poète, quille éclatée, formidable noyade dans un océan d'imaginaire !

Seule cette vie-là vaut d'être écrite et c'est vous, êtres fragiles d'encre et de papier, c'est vous, mes personnages, qui me l'avez donnée, cette éternité tissée de vos destins infimes... Cette trame d'existences, si ténue, mais infiniment plus solide que nos jours, hantera désormais les rues de nos songes, à la

---

[7] néologisme voulu par l'auteur

pâle lueur de quinquets d'auberges, seuls témoins de vos crimes ratés, de vos pauvres amours…

Tu vois, Sonia, c'est toi qui m'as créé, je t'en suis redevable, et il me faut continuer à vivre à travers toi de cette vie que tu m'as donnée : je suis ton père et tu es ma mère ; par le souffle de leur regard, tous ces autres qui se succèdent, en caressant des yeux les lettres et les mots, animent le texte d'une vie propre ; ainsi vivons-nous nos vies recommencées, éternellement semblables et toujours différents, images tremblées à la flamme de ton esprit, lecteur éphémère qui demain nous quitteras pour aller mourir comme une vague sur la grève du temps… Et tes cendres jetées au vent, mêlées à l'eau des larmes, seront un jour peut-être l'encre étalée sur nos pages ; alors ton rêve confus sera réalité : tu seras enfin devenu personnage, Rodia, Sonia, Porphyre, Nicolas… ou bien digression inutile, fantaisie du narrateur, qui le sait ?… Néant d'une tache, vide d'une coquille, infinitude[8] en suspension… Tu recevras selon ton mérite, rien de plus, rien de moins !…

Mais j'ai encore beaucoup à dire à Sonia, et cela ne te concerne pas, ni toi, ni personne. Pour toi lecteur, elle doit continuer à pleurer, sans penser à autre chose qu'au manuscrit de Catherine Ivanovna….

Laisse-nous donc maintenant, retourne au début du chapitre : ces lignes ne sont pas écrites, c'est un soupir de plume, une parenthèse vide, et tu dois l'oublier. »

A cet instant, tu entendrais distinctement sonner la clarine d'en bas puis grincer et claquer la porte d'entrée ; un pas léger, insouciant résonnerait dans l'escalier, la voix enjouée d'Agraféna Timoféevna appellerait : « Où te caches-tu, Sonia ? Dans ta chambre ?… »… et tu te sentirais aspiré par un puissant courant d'air vers la baie entrouverte ; l'image tremblotante de Fiodor Mikhaïlovitch effleurant d'un baiser la

---

[8] néologisme voulu par l'auteur

joue humide et rose de Sonia te parviendrait encore dans un halo sépia, tandis que ta tête heurterait violemment le volet à demi fermé.

A la fenêtre de l'infirmerie Rodion Romanovitch Raskolnikov, le regard perdu vers la ligne noire de la forêt qui dévale le coteau presque jusqu'au fleuve, aperçoit alors un point qui monte dans le ciel et, venant droit sur lui, passe en piaillant au-dessus de sa tête : il reconnaît une colombe au jabot maculé de rouge ; une goutte de rubis poisseux s'écrase sur l'allège blanchie de pétales de jasmin face à lui, à peine trop loin, juste au delà des barreaux. Soudain envahi par une étrange mélancolie le prisonnier se demande ce qui changerait dans le monde s'il pouvait l'atteindre, la toucher, la porter à ses lèvres ; il rêve vaguement d'on ne sait quelle transsubstantiation tandis que s'éloignent les cris déchirants de l'oiseau blessé.

VIII

LE THE À L'INFIRMERIE

Raskolnikov passa près de deux mois en observation. Le médecin du bagne, le docteur Tomassov, s'intéressait tout particulièrement à son cas ; il avait étudié la neurologie à Paris puis à Peterbourg dans le service du professeur Botkine, à son retour. Hostile à toute forme de guerre et de violence, Tomassov, tiré au sort pour aller combattre en Crimée, avait préféré s'enfuir ; après de nombreuses tribulations où il s'était essayé à tous les métiers, ce jeune homme pauvre avait réussi à faire sa médecine dans la Ville-Lumière grâce au soutien d'une vieille originale, la générale E..., dont il courtisait l'une des filles. Sa défection avait été punie d'un bannissement de dix ans, peine réduite de moitié après son mariage avec Aglaia (et aussi, mais on ne pouvait l'afficher, parce que la Russie manquait cruellement de médecins à cette époque, allant jusqu'à en faire venir d'Allemagne). Il aurait donc pu rentrer dès la fin de ses études, mais Aglaia et lui étaient restés quelques années, fascinés par la vie parisienne.

De nombreux artistes fréquentaient la clinique du docteur Blanche, son chef de service à la Salpêtrière ; ils présentaient des pathologies graves et variées, souvent dues à la syphilis ou au culte immodéré de la liqueur verte, mais aussi aux angoisses de la création. Ils étaient reçus et traités avec humanité, à l'opposé du régime carcéral qui survivait encore à Bicêtre.

C'est là, au récit de ce qui se passait dans les bagnes de son pays colporté par quelques déserteurs, que Tomassov avait conçu le projet de rentrer afin d'éclairer la Russie d'une science nouvelle, plus humaine et plus douce. Il importait à ses yeux de partir de l'échelon le plus bas : celui des galériens oubliés de tous, dans les prisons de Sibérie où la folie faisait plus de morts que la faim et le froid.

Aglaia, d'une nature emportée et généreuse, avait souscrit avec enthousiasme à une telle idée contre la promesse d'un voyage annuel à Paris. Elle-même avait vécu des événements douloureux et avait eu recours aux plus éminents psychiatres pour retrouver un équilibre alors sévèrement compromis. Maintenant elle brûlait de s'investir au chevet des malheureux parias de la société, ces innocents boucs émissaires chargés de tous les maux, comme on l'enseignait alors dans les cénacles libéraux. Elle gardait à l'esprit le regard perdu de ce peintre rencontré chez un ami à eux où on allait souvent pique-niquer le dimanche, à Conflans. Ses yeux bleu délavé rivés sur les courbes gracieuses de la fille de leur hôte, il parlait peu avec un accent légèrement traînant, évoquant son enfance austère, sa vocation avortée de prêtre et sa découverte de la peinture en Bretagne au milieu des marins-pêcheurs et des paysans. Abandonnant le service du Créateur de toute cette misère il était devenu, selon ses propres mots, un petit créateur d'images, dérisoire et inutile témoin de la détresse d'un peuple d'indigents, d'idiots et d'alcooliques brutaux qui se moquaient de lui. A cette époque il dessinait surtout, décrivant les travaux quotidiens, les mangeurs de pommes de terre, les godillots usés par une vie de travail. A quoi bon ?... Il l'ignorait, mais c'était pour lui comme un appel, un besoin impérieux qui le faisait tenir debout, seul et incompris au milieu des déshérités, besoin plus nécessaire encore que la maigre nourriture qu'on lui donnait comme à un chien errant.

Sauvé par son frère qui l'avait arraché juste à temps à cette fascination morbide, il avait ensuite erré un peu partout et la couleur s'était imposée à lui comme une évidence ; il plantait son chevalet sur les places, dans les jardins, les champs de blé, tirant le portrait de l'idiot du village avec qui il parlait pendant des heures quand les autres lui jetaient des pierres… Malgré cette vie itinérante, ses humeurs noires l'avaient repris et des amis peintres l'avaient adressé à Esprit Blanche. Une idée l'obsédait surtout : nul ne créait innocemment, la représentation du monde était une imposture ; même la peinture d'un tournesol lui arrachait des souffrances sans nom. Mais le spectacle de la nature, la contemplation d'un crépuscule, l'éclair noir d'un train lancé à pleine vitesse pouvaient lui tirer des larmes qui n'étaient pas feintes. La vision de ses œuvres et de celles de ses amis le mettait mal à l'aise, il se sentait complice d'un vol, d'une sorte d'escroquerie. Parfois, dans ses moments d'abattement, il lui arrivait de blasphémer contre la Vie même…

Si Tomassov et ses amis prenaient cela très au sérieux la jeune Aurélia, de son côté, n'était pas insensible au charme étrange de ce colosse roux aux manières gauches et rougissait sans cesse sans qu'il y prît garde. Aglaia, quant à elle, le considérait comme l'archétype de l'Innocent porteur de la peste et de la Rédemption, en charge de la haine des hommes, ange descendu leur offrir la lumière de la Conscience. Peu importait à ses yeux que la sienne fût aussi vacillante ; il n'était pas dans l'air du temps de s'arrêter à la première contradiction, la dialectique fumeuse des cercles progressistes y trouvait là son compte.

Elle aimait à le regarder travailler, le pinceau hésitant et parfois frénétique, posant la couleur à petites touches dont la juxtaposition formait des paysages bientôt remodelés par de larges à-plats étalés au couteau et cernés d'un trait sombre, à la manière japonaise.

Le spectacle de la naissance d'une image l'émerveillait comme la révélation d'un monde subtilement différent où l'on percevait la vibration des choses, l'attraction des contraires à la recherche d'une harmonie perdue… Mais c'est surtout son regard qui la fascinait, provoquant en elle un délicieux frisson d'inquiétude.

Les yeux du peintre d'abord posés sur le sujet se portaient sur la toile, y repérant les formes à venir dans la blancheur cruelle, puis sur les couleurs qu'il mélangeait avec une apparente distraction ; ensuite, lorsque le pinceau se mettait à voleter tel un papillon sur un champ de jonquilles, emporté par une main énorme et pourtant aérienne, on eût dit qu'ils se révulsaient, puis revenaient brumeux, enroulés dans la gaze diaphane de son âme, fixant un horizon invisible au-delà du paysage derrière la croûte grossière de la réalité, au contact de l'essence même de l'Univers.

Dans le même temps son visage se crispait en un rictus d'effort ; son front et ses joues se creusaient en vaguelettes ; sa bouche se déformait peu à peu laissant apparaître les dents jaunies par le tabac ; une écume blanchâtre pointait au coin des lèvres retroussées. L'expression d'une intense souffrance s'imprimait sur ses traits, alternant avec de brefs instants de soulagement. Rarement une illumination se produisait : soudain il paraissait transfiguré comme sous l'effet d'une fulguration céleste dont on retrouvait le reflet dans certaines de ses œuvres ; mais la douleur, plus vive encore, le reprenait très vite, lui arrachant parfois de petits geignements.

A l'issue de ces séances, qui pouvaient durer des heures, il revenait brisé, en nage, semblant sortir d'un coma épuisant ; son regard brûlé portait l'empreinte terrible de la Beauté tandis qu'une ride profonde lui barrait le front, annonciatrice d'orages mélancoliques.

D'un naturel taciturne, il se renfermait alors au plus profond de lui-même pour affronter ses démons et les réduire au silence, dans un combat de plus en plus incertain. Il se réfugiait sur son lit grinçant et pouvait rester là, vautré, occupé des journées entières à panser les plaies de son âme. On l'entendait parfois la nuit gémir, lâcher des mots sans suite. Il pouvait aussi disparaître pendant plusieurs jours, et on le retrouvait ivre-mort dans quelque cabaret pleurant sur le sein d'une fille de joie, ou encore allongé dans le caniveau, baignant dans ses vomissures. Le lendemain il descendait, frais et dispos, presque guilleret, et mangeait à nouveau avec un appétit d'ogre.

Certains soirs d'été, sous la pergola, devant un verre d'eau de vie de genièvre ou d'absinthe, le regard absorbé par les formes gracieuses d'Aurélia, il pouvait se laisser aller à évoquer le cheminement de son esprit. Il parlait en mots simples de l'âme des choses, de l'évolution créatrice, de la lutte incessante du Beau et du Laid, du Bien et du Mal… Il disait en riant qu'il aurait pu se faire brigand, que c'était presque la même chose, au fond, qu'il s'en fallait de très peu. Il évoquait la fécondation de l'Esprit par la Matière, la Révélation du Fils de l'Homme dans sa nudité, l'épiphanie de la misère, et autres mystères parfois incompréhensibles. Il expliquait aussi qu'on ne pouvait situer avec précision les frontières du rêve, que le rôle de l'artiste consistait justement à aller explorer, au risque de s'y perdre, cette zone crépusculaire où les choses et les êtres devenus transparents révélaient soudain leur orient sous la lumière irisée, tangentielle, de l'incendie de la Raison.

Il comparait son œuvre à un chemin de croix et pressentait avec angoisse l'approche de son propre Golgotha.

S'il avait perdu la foi, il avait reporté son espérance sur le Progrès et rêvait d'une nouvelle alliance entre l'Homme et la Nature sous le sceau de la Beauté. Il croyait fermement à la survie de son âme injectée peu à peu dans ses toiles torturées ; de même il professait que l'esprit des hommes les plus ordinaires s'infusait dans la matière qu'ils travaillent : dans les fruits des récoltes, la chair humide du bétail, le fer et l'acier des fonderies, le soulagement des malades, la pierre des édifices… Nos œuvres nous ressemblent, et nous leur ressemblons : un travail, aussi humble soit-il, pour peu qu'il soit réalisé avec l'amour au cœur, pour le bien des hommes, est une véritable création qui porte en elle, indissoluble, la trace de son créateur. Il ne s'agissait pas ici d'un discours métaphorique, mais bien plus de l'affirmation d'une véritable identité au sens mathématique du terme : « je deviens ce que je fais ; en consacrant mon âme au Bien, au Beau, je deviens immortel ».

Aglaia était comme hypnotisée par ces propos parfois incohérents où elle retrouvait l'écho de ses propres pensées. Mais elle sentait aussi dans ce délire la marque de la folie qui obscurcissait peu à peu l'esprit du malheureux.

Comme pour confirmer ce pressentiment, deux ans après leur retour en Russie ils apprirent le suicide du peintre, par un beau jour d'été, au milieu d'un champ de blé.

L'année d'après de passage à Paris on leur montra ce lieu : leur arrivée dérangea une nuée de corbeaux dont l'envol obscurcit le ciel, le transperçant de gauche à droite vers le petit cimetière de campagne où il reposait. Profondément émus, ils déposèrent sur sa tombe un bouquet improvisé, dérisoire, de coquelicots fanés et d'épis mûrs.

Aglaia au grand dam de la société avait obtenu de travailler aux côtés de son mari comme auxiliaire bénévole, à raison de deux jours par semaine à l'infirmerie du bagne. Elle pouvait ainsi se frotter à cette humanité déshéritée, fascinée qu'elle était par la dépossession de ces hommes d'avant le Déluge, dont la nuit précédait l'aube idéale d'on ne sait quel recommencement.

A ses yeux Raskolnikov, jeune noble à l'esprit brillant, jeté là presque par hasard pour expier un crime incompréhensible, représentait une énigme : si elle avait déjà rencontré, à Peterbourg ou à Paris, nombre de ses semblables, étudiants faméliques prêts à dévorer le Monde, guidés par des maîtres sans scrupules qui agitaient les idées du temps comme de dangereux hochets, jamais elle n'avait senti une telle intelligence, une telle sensibilité. Le personnage l'intéressait donc au plus haut point et elle avait de fréquentes conversations à son sujet avec Tomassov qui lui exposait les particularités médicales de son cas.

Le commandant Dvorianine de son côté avait demandé à être tenu personnellement informé de l'état de Rodion Romanovitch, pour lequel il éprouvait une étrange sympathie depuis leur récente conversation. Dès que cela fut possible ce dernier fut placé en chambre de convalescence dans une autre aile du bâtiment où peu de bagnards avaient accès. En général ceux-ci restaient hospitalisés peu de temps : ils sortaient parfois les pieds devant, comme Mikhaïl Abramovitch, ou plus fréquemment à peine valides, de peur qu'ils prissent goût à une vie émolliente, sans corvées ni surveillants. En contrepartie de cet isolement relatif et par une faveur exceptionnelle (suggérée il est vrai par le docteur Tomassov, lequel croyait aux vertus thérapeutiques des sentiments) il fut autorisé à recevoir la visite régulière de Sonia.

Celle-ci s'était beaucoup inquiétée de la crise brutale qui avait frappé Rodia, et elle fut émue aux larmes de le retrouver en bonne santé ; de jour en jour il reprenait des forces et des couleurs et il sentait s'éloigner de son lit les fantômes qui le tourmentaient, cependant que la nature, craquant de toutes parts, se gorgeait de sève et de promesses d'abondance.

« - Tu sais, Rodetchka, j'ai trouvé du travail ; outre les menus services que je rends à droite à gauche, je fais maintenant quelques travaux de couture pour les dames de la ville. C'est Agraféna Timofeevna, ma logeuse, qui me les a présentées. C'est une femme extraordinaire. Après mon arrivée ici, je logeais à l'hôtel qui me coûtait bien cher. Elle tient un petit débit sur la place, non loin de là ; elle me voyait passer devant tous les jours. Une fois je suis entrée pour me réchauffer, c'était le premier hiver, tu te souviens comme il faisait froid ? ... Elle m'a fait asseoir à une petite table, loin du coin des ivrognes, et m'a offert du vin chaud parfumé de cannelle. Comme il m'a réconfortée, on aurait dit un sang nouveau qui coulait dans mes veines !... Comme il y avait peu de monde elle est venue s'asseoir, et nous avons parlé. Apprenant ma situation (oh, je m'en sortais quand même, tu sais, avec la rente de Svidrigaïlov), elle s'est tout de suite proposé de me loger contre quelques kopecks. Elle possède une grande maison dans le faubourg où elle s'ennuyait, sans compter les querelles qu'on lui cherchait ici ou là... A deux, on se sent plus fortes, et surtout on est moins seules !...

Elle est arrivée il y a une douzaine d'années à la suite de son amant, un jeune officier accusé de parricide qui entrait au bagne. C'est pour cela aussi que je l'ai attendrie. C'est une belle femme, tu sais ; aujourd'hui encore, beaucoup d'hommes lui tournent autour. Même des nobles et des officiers, comme Vassili Aristych, le directeur de la prison. Il vient souvent à la maison lui faire sa cour, c'est un homme bon et très cultivé... Mais je t'ennuie, avec mes bavardages !...

- Non, non, pas du tout ; au contraire, tout cela m'intéresse beaucoup. Elle a suivi son amant, disais-tu ?... J'ai déjà entendu parler de cet homme. Mais il est mort, je crois ?

- Oui, oui, Grouchegnka (c'est ainsi que ses amis l'appellent) me l'a raconté bien des fois. Quel terrible malheur !... On l'a accusé du meurtre de son père car les apparences étaient contre lui ; mais c'est un domestique qui l'avait tué en réalité, et il a tout avoué à Ivan, son frère cadet...

- Et alors ? On ne l'a pas cru ? On n'a pas arrêté ce valet?

- Non, non, mais tu ne me laisses pas finir : il y avait des tas de preuves contre lui, des traces, des témoins, et en plus, c'est vrai, le soir du crime il avait escaladé le mur du jardin, il avait menacé son père et assommé un domestique avec un pilon qu'on a retrouvé tout sanglant dans le potager... Il était fou, à cette époque ; son père et lui se disputaient Agraféna, et Dmitri avait des crises de jalousie terribles...

Mais il aurait été incapable de tuer, c'était un être très doux et très sensible ; il était seulement très malheureux, il n'avait pas d'argent, il voulait voler son père pour partir loin, loin, très loin, et tout recommencer avec sa bien-aimée...

En plus on n'a pas retrouvé l'argent volé, mais Dmitri a été pris à l'auberge où il donnait une fête de tous les diables en l'honneur de Grouchegnka, jetant par les fenêtres tout l'or de sa femme...

   - Sa femme, dis-tu ? Alors, il était marié ?...

- Oui, non, enfin, presque... Il avait demandé en mariage la fille de son colonel après avoir sauvé l'honneur de celui-ci (c'est une histoire un peu compliquée, excuse-moi si je m'embrouille un peu, Rodetchka, dit-elle en lui lançant un regard implorant qui lui pinça le cœur). Il était accusé d'avoir vidé la caisse du régiment ; Dmitri, qui avait obtenu de son père une avance sur sa part d'héritage, l'a portée sans hésiter à... Catherine Ivanovna... avança t-elle timidement.

- Comment ? Que dis-tu ? Catherine Ivanovna ?... s'exclama Rodion. Pas celle de...

- Eh si, répondit Sonia, levant sur lui des yeux humides de larmes. Si, c'est bien elle, j'en ai la certitude maintenant. D'abord je n'ai pu y croire mais, il y a deux jours, en rangeant dans l'armoire...

- Eh bien ! quoi ? s'écria t-il avec impatience.

- J'ai trouvé des documents, et parmi eux son journal... Et puis, Agraféna Timofeevna m'a raconté son histoire et tout cela se tient : les dates, les lieux, les événements, les enfants...

- Ce seraient les SIENS ?... Je veux dire... ceux de Karamzinov ?...

- Karamazov. Oui, enfin… Si, si, on peut le dire ainsi…» répondit-elle avec une légère hésitation.

Un infirmier leur apporta du thé et recommanda à Rodion de ne pas trop s'échauffer. Ils étaient installés à une table, un peu à l'écart, dans la salle de soins qui sentait l'éther et l'eau de Javel. Une grande baie vitrée laissait voir la frondaison d'un cerisier en fleurs, et plus loin l'Irtych musculeux étiré dans son lit, la steppe brûlée, le ciel barré de nuages pommelés…

Rodia resta pensif, suspendu, aurait-on dit, à l'un de ces nuages blancs rebondis, boursouflures chargées de souvenirs et de rêves…

« - Mais alors, reprit-il plus doucement, et ce domestique ? Pourquoi son frère Ivan ne l'a t-il pas dénoncé ?…

- Si, si, bien sûr, il l'a dénoncé !… Il a même montré au tribunal l'argent volé, que Smertiakov lui avait remis sans y avoir touché… Mais personne n'y a cru, bien entendu !…

- Comment cela, «bien entendu» ? Il s'agit là de preuves ! Quelle est cette justice qui récuse…

- Smertiakov s'est pendu, la veille du procès. Il était mort, vois-tu ?… Et puis, cet argent-là, ou un autre… L'argent donné, l'argent volé… Tout ça c'est pareil, dit-elle d'un ton détaché, presque neutre, avec une étrange vibration dans la voix. Comme on dit dans ma province, « l'argent n'achète ni la puissance, ni la liberté ni l'innocence : l'argent, c'est le salaire de ceux qui vont mourir… »

Raskolnikov médita un moment ces fortes paroles, tout en sirotant son verre de thé. Sonia le regardait avec une flamme sombre dans les yeux.

« - Smertiakov a porté les coups, reprit-elle doucement. Mais c'est lui qui a voulu la mort du père. Il disait… il disait que la liberté était à ce prix.

- Lui ?… Mais qu'est-ce que ça veut dire, « lui » ? s'écria Rodia, presque avec colère. Pourquoi irait-on tuer son père ?… Et qu'est-ce que la liberté vient faire là-dedans ?…

- Tu le sais bien, Rodion. Tout cela est écrit dans le journal de Catherine Ivanovna. Elle a recueilli Ivan chez elle, après le procès. Elle l'a soigné quand il s'est mis à perdre la raison, elle l'a accompagné dans ses souffrances, ç'a été terrible, tu ne peux pas savoir… Et surtout elle l'a aimé, jusqu'à la mort.

- Aimé ?… Mais je croyais que Dmitri et elle…

- …allaient se marier ? Ils étaient fiancés, oui. Mais elle le haïssait (ou plutôt elle haïssait leur relation fondée sur l'équivoque) ; à la mort de son père elle l'avait suivi par reconnaissance, certes, mais il n'y avait pas une once d'amour là dedans. Il s'agissait, comment dire ?…d'une sorte de devoir moral, comme pour rembourser une dette, oui, c'est cela, une dette d'honneur !… Il savait fort bien qu'elle ne l'aimait pas, mais lui aussi se sentait obligé, curieusement, par son geste initial… Et puis, si lui-même ne l'aimait pas non plus, tout au moins l'admirait-il, tant il était subjugué par sa force d'âme !…

Car il était homme d'honneur : jamais il n'a tenté de… l'approcher… C'était encore une jeune fille fraîche et naïve, à peine sortie du lycée ; il l'a respectée jusqu'au mariage, bien qu'ils aient vécu sous le même toit à cette époque. C'est aussi par sens de l'honneur qu'il s'est laisser accuser à la place d'Ivan, alors qu'il *savait*…

- Tu as dit «leur mariage» ? Mais quand donc ? … Je n'y comprends plus rien ! s'exclama Rodion.

- Elle aussi l'a suivi en Sibérie, toujours avec le même orgueil et le même entêtement. A force de démarches auprès des autorités judiciaires, elle a fini par obtenir l'autorisation de l'épouser, alors qu'il était condamné à vingt ans de travaux forcés : elle estimait avoir une nouvelle dette à effacer, car elle avait déposé contre lui au procès. Un témoignage accablant, par jalousie, bien sûr !...

La cérémonie a été célébrée dans la chapelle de la prison, la veille du départ du convoi ; trois jours après, à l'étape de Tobolsk, elle a tenté de le faire évader en soudoyant un garde et quelques soldats ; mais le coup a échoué lamentablement, ils ont bu tout l'argent au cabaret avec des filles pendant qu'elle tremblait d'inquiétude au dehors, dans la nuit glaciale de novembre. Le convoi est reparti le lendemain matin sans avoir relâché Mitia... Non contents de cela les traîtres l'ont dénoncée ; on l'a ramenée en ville de force, entre deux gendarmes. Elle a échappé de peu aux poursuites grâce à la mansuétude du procureur, homme bon et intègre....

Ensuite elle a tout vendu, bijoux, robes de bal, fourrures, argenterie, pour faire le voyage jusqu'ici et s'y installer quand même ; pendant quelques mois, elle a vécu à l'hôtel, dépensant ses derniers roubles pour corrompre les gardiens afin de le rencontrer... C'est à ce moment qu'on l'a ramassée dans la rue, grelottante de fièvre, menaçant de perdre son bébé.

On l'a amenée dans l'estaminet de Grouchegnka et c'est là, sur une table crasseuse, dans les rires et la fumée, qu'ensemble elles ont mis au monde la petite Apolline Ivanovna...

- Ivanovna ? Pourquoi ? s'exclama Rodion, d'un ton enfiévré.

- Parce que... mais tu as déjà compris, Rodia, dit-elle, le regardant d'un air inquiet. Catherine, reprit-elle, était tombée follement amoureuse d'Ivan, pendant toute cette histoire ; le soir du crime, ils se sont retrouvés à l'auberge de Tchermachnia. Elle ne savait rien, bien sûr. A l'heure même où Smertiakov cassait le crâne du vieux père, ils partaient ensemble pour l'extase au-dessus des isbas, entre l'oiseau et la lune... Mon Dieu, mais comment est-ce possible ?... se lamenta-t-elle d'une voix désespérée.

- Mais Mitia ?... Il devait bien savoir *cela*, lui aussi ; c'était la compagne de son frère, elle avait...

- En lui empruntant l'argent, il lui avait expressément rendu sa liberté ; mais quand elle l'a demandé en mariage, lui, condamné croupissant au fond de sa geôle, il a su en un clin coup d'œil ce qui s'était passé. Ivan venait de mourir et Dmitri a compris que ce geste seul leur permettrait de se racheter, lui pour la mort de son frère, elle, pour cet enfant sans père.

- Tous deux ils ont gâché leurs existences, uniquement par souci du panache ; c'est vertigineux !... s'écria Rodion, ébahi. Inconcevable !... Cependant il y a autre chose que je ne comprends pas... pourquoi... Ivan, ce personnage m'intrigue. A Tchermachnia, cette nuit-là, justement... C'est ignoble ! Et pourtant, c'est le seul homme qu'elle ait jamais aimé... C'était elle-même une femme fascinante, ne trouves-tu pas ? Même phtisique, même démente, il y avait une telle force en elle... Lui aussi, il devait être exceptionnel... Mais pourquoi avoir fait tuer son père ?... Quelle idée saugrenue....

- Je l'ignore, dit-elle en lui jetant un regard significatif. Catherine a écrit des pages et des pages là-dessus, mais je n'ai pas tout saisi. Je pleurais déjà tant... Avec l'argent, je crois, il voulait... Je ne sais plus ; il faudrait peut-être brûler tout ça, s'exclama t-elle brusquement. Ce n'est pas bien, ce qu'elle a écrit. Elle était déjà... exaltée... Il ne faut pas garder ce journal, il n'en peut sortir que du mal ; il faut le jeter au feu ! dit-elle avec véhémence, les yeux étincelants.

- Non, Sonia, non ; tu dois le conserver. Si elle l'a écrit, ce n'est sûrement pas pour qu'on le détruise. Ce sera un souvenir pour ses enfants, et puis... moi aussi, j'aimerais y jeter un coup d'œil, cette histoire m'intrigue...

- Non, tu ne dois pas le lire, s'écria t-elle avec effroi. Personne ne devrait le lire », tempéra t-elle.

Raskolnikov prit un air courroucé, mais ne dit rien. Après un temps de réflexion (pendant lequel Sonia, inquiète, le regardait du coin de l'œil, effarée par sa propre audace) il reprit, d'un ton détaché :

« - Mais, dis-moi, et Kolia ? Et Lyda ?... Tu n'en as pas encore parlé ? »

Elle répondit, hésitante :

« - Nikolaï Dimitrovitch est né quelques années plus tard ; Catherine fréquentait assidûment Dmitri, les gardiens fermaient les yeux, tu sais, sous le hangar... Je crois qu'avec le temps elle s'est mise à l'aimer un peu, et puis elle n'avait plus personne... C'était devenu une pauvresse, elle logeait chez Agraféna Timofeevna, toute honte bue... Elle n'avait plus rien à elle et le peu qu'elle gagnait, elle l'envoyait à un avocat de Moscou pour le procès en révision... On avait fini par trouver des témoins, le domestique s'était un peu vanté, au cabaret... Et puis, il y avait quelques taches de sang, sur les billets... Tout cela s'enclenchait plutôt bien. Dmitri passait par des phases d'espoir fou et de mélancolie profonde ; c'est à cette époque qu'il a commencé à écrire des poèmes. Mais Kolia est bien son fils, ça, il n'y a aucun doute ; elle lui a fait ce dernier cadeau... »

A ce moment, le docteur Tomassov fit son entrée, suivi d'Aglaia et de deux internes ; il pria poliment Sonia d'abréger l'entretien, compte tenu de l'état de santé encore précaire de Rodion Romanovitch.

Elle fondit en larmes, remercia le docteur, lui baisa les mains et s'en alla, non sans avoir embrassé tendrement Rodia qui paraissait absorbé par une réflexion dont l'objet principal le fuyait obstinément.

IX

LES SPASMES DE LA HAINE TIEDE

Pendant sa convalescence Rodion Romanovitch reçut la visite fréquente de Piotr Aristych Dvorianine, le directeur de la prison, qui venait s'entretenir avec lui de divers sujets comme la littérature, les idées nouvelles sur l'art, la philologie, sous le prétexte de mettre au point le programme d'alphabétisation. La sympathie grandissait entre les deux hommes car, bien qu'il s'en défendît, Piotr Aristych éprouvait une sincère admiration pour la culture et l'esprit de Raskolnikov.

Omsk était une petite ville de province et, mis à part un gouverneur inquiétant, un juge d'instance podagre et deux ou trois propriétaires terriens aux idées rétrogrades qui se réunissaient régulièrement au club de la noblesse, il n'y avait personne à qui parler.

S'il rendait régulièrement visite à Agraféna Timoféevna dont la beauté mature, animale, étourdissait ses sens, la fidélité sans faille qu'elle vouait à la mémoire de son amant constituait un écueil infranchissable et agaçait son imagination enfiévrée comme celle des nombreux prétendants qui se pressaient à ses côtés. On venait prendre le thé chez elle, rivalisant de galanterie ; les épigrammes fleurissaient, louant ses charmes, cependant qu'elle s'exerçait au piano à chanter des romances ou déclamait des poèmes élégiaques.

Grouchegnka, bien que d'extraction modeste, avait su par son charme, sa liberté de ton inédite en ces lieux reculés, mais aussi sa légende un peu sulfureuse, rassembler autour d'elle toute une société de jeunes femmes mi-naïves, mi-perverses, peu pressées de se marier, qui partageaient son opinion sur la question féminine et se targuaient d'égalité, poussant le vice jusqu'à vouloir entreprendre des études ou même faire de la politique... Bannissant la crinoline et la perruque, le cheveu coupé court, elles se moquaient effrontément de la stupeur et de la réprobation publiques qu'elles provoquaient sur leur passage. Elles affichaient un profond mépris pour les institutions « masculines » et, sans rejeter les contacts avec l'autre sexe, faisaient fi de toute convention dans leur vie intime ; du moins le prétendaient-elles dans des déclarations qui donnaient le vertige aux garçons de leur âge. Mais la réalité était beaucoup plus pauvre, et la plupart de ces demoiselles éprouvaient une secrète angoisse, voire une peur panique, à l'idée de certains actes plus... définitifs.

Le dimanche après-midi elles tenaient salon, fumant le cigare ou la pipe, et rivalisaient d'opinions sur les circonstances du temps en des discussions pépiantes et sophistiquées. On observait beaucoup les jeunes gens du coin de l'œil, écoutant leurs compliments avec une feinte indifférence ; le négligé savant des tenues était le fruit d'une longue préparation qui occupait la matinée. Bref, tout cela était charmant, et la vie insouciante de cette jeunesse dorée prêtait à rêver d'une société idéale, à la construction de laquelle chacun d'eux entendait participer.

Sonia observait ces manèges d'un œil à la fois critique et amusé ; elle n'en prêtait pas moins l'oreille aux conversations, retenant des bribes d'information, reconnaissant au vol des propos rebattus, déformés ou démesurément grossis, voire des citations mal à propos d'ouvrages qu'elle-même avait lus à l'époque, à Peterbourg.

On jouait, on chantait, on donnait parfois la comédie au jardin sur des tréteaux improvisés, quand le temps le permettait ; toute cette insouciance, cette gaieté, cette chaleur lui permettaient d'oublier un peu sa peine, tandis qu'elle liait connaissance avec la bonne société locale. On appréciait son dévouement, sa discrétion, ses qualités de cœur, mais aussi son habileté de couturière : elle avait appris à répondre aux demandes parfois saugrenues de ces dames, et à longueur de temps elle démontait les jupons, raccourcissait les robes, cintrait les tailles, plissait les corsages, ajoutant ici un ruban, là une fanfreluche. Elle contribuait de cette façon à répandre une mode nouvelle, pour partie inventée, pour partie inspirée des revues de Paris qu'on lui prêtait complaisamment.

Ainsi avait-elle su se rendre indispensable et recueillait-elle de nombreux petits secrets lors des séances d'essayage.

Piotr Arystich qui la rencontrait souvent chez Agraféna avait été touché par le courage, l'humilité et la simplicité de la jeune femme, en laquelle il reconnaissait les vertus éternelles du Peuple. Celle-ci attendait sans se plaindre, se soumettant à son sort avec une sorte de fatalisme optimiste, presque joyeux ; jamais elle n'aurait tenté d'obtenir de lui une quelconque faveur pour Rodia (la pensée même d'une telle demande lui aurait paru sacrilège et, de fait, elle l'eût été).

Aussi dans un noble élan s'était-il mis en devoir de la tenir informée des petits événements du bagne qui pouvaient le concerner. Ses visites y trouvaient fort à propos un nouvel objet parfaitement désintéressé, prétexte au siège en règle dont il entourait Grouchegnka.

Cependant si la sensualité exigeante et raffinée de celle-ci l'attirait irrésistiblement comme la lampe le phalène, son esprit ne pouvait se satisfaire des mondanités frivoles de la volière qui lui servait d'écrin ; leurs rares tête-à-tête lui avaient donné l'occasion de constater que cette femme accomplie, maîtresse d'elle-même et de son entourage, brillait plus par l'instinct et la volonté d'une féline raffinée que par ses facultés d'abstraction et d'analyse dont elle était à peu près dépourvue ; qualités peu utiles au demeurant, dont la froide sécheresse eût risqué de la déparer.

La recherche d'une confrontation avec un esprit élevé, le désir de comprendre comment un homme comme lui avait pu basculer dans le crime, la volonté de l'aider à sortir d'une logique perverse, tout cela avait poussé Dvorianine à s'intéresser de près à Raskolnikov au point d'aller le visiter plusieurs fois durant sa convalescence. Au fil de leurs entretiens le projet d'alphabétisation avait pris sa forme définitive ; Rodion fut désigné comme responsable de la classe et de son contenu, en tant que seul et unique enseignant. A ce titre c'est lui qui était chargé du budget, et donc tout particulièrement de la gestion de la bibliothèque. Il était autorisé à passer commande des ouvrages utiles aux études sous le contrôle exclusif de Piotr Aristych.

Les cours de russe étaient dispensés à raison de deux après-midi par semaine ; il disposait en outre d'une demi-journée pour assurer la préparation et s'occuper des diverses tâches qui lui incombaient à ce titre. De ce fait il fut exempté des corvées ordinaires et, de plus, un petit pécule de cinq roubles par mois lui fut alloué. Comme il s'était réinscrit en licence de droit, il put aussi bénéficier d'une journée supplémentaire par semaine pour ses études personnelles.

Le reste du temps il continuait à se rendre aux travaux forcés avec les autres détenus, et curieusement cette activité épuisante ne lui déplaisait pas : le travail physique, dans sa bestialité même, lui apportait une sensation nouvelle de vide intérieur ; il trouvait de la satisfaction dans l'accomplissement minutieux de ce qui lui était demandé, comme dans la réalisation d'une sorte d'œuvre où chaque touche de pinceau devait trouver sa nuance et sa place exacte dans la composition. Un tel point de vue pouvait sembler vain, rapporté à la démolition d'une vieille péniche. Et pourtant il prenait soin des planches pourries et des liens de chanvre, des clous rouillés, des espars brisés qu'il rangeait savamment, au point qu'il aurait pu la reconstruire à l'identique si l'ordre absurde en avait été donné. Ses compagnons d'infortune ne se moquaient pas d'une telle minutie, qu'ils partageaient à leur manière : les artisans éprouvent un respect instinctif pour la matière travaillée, encore toute imprégnée des gestes qui l'ont façonnée. Le partage de la sueur et de la poussière, la fraternité animale des gueux, cet épuisement du corps qui régénère l'âme, tout ceci lui plaisait et il en ressentait l'urgence, pour lui et pour ses camarades.

Une douzaine d'élèves s'étaient portés volontaires. Leurs motivations étaient tout aussi variées que leurs origines ; l'un voulait pouvoir correspondre avec sa fiancée, un autre lire le journal, un troisième rédiger des bulletins pour une loterie clandestine, un autre encore rêvait de pouvoir déchiffrer la Bible ou le Coran ou bien écrire des histoires à dormir debout…

Mais tous suivirent son enseignement avec une remarquable assiduité, stimulés il est vrai par la dispense de corvées qui les concernait eux aussi, à raison de trois demi-journées (deux pour les cours, une pour l'apprentissage et les exercices). Mis à part cela il y avait aussi les étudiants, qui avaient accès à la salle un jour par semaine. Ainsi chaque jeudi, Raskolnikov et ses condisciples pouvaient se retrouver et s'entraider dans leur travail. En tout ils étaient quatre : deux nobles polonais, l'un étudiant la théologie, l'autre la médecine ; un jeune baron balte, qui s'intéressait aux mathématiques ; et enfin Vassili, qu'il fut très surpris de trouver là. Celui-ci, issu d'une famille de marchands aisés de Nijni-Novgorod, lui expliqua que ses parents l'avaient incité à mener les études de son choix ; arrêté comme animateur d'une communauté religieuse clandestine et condamné à dix ans de travaux forcés, il était heureux de trouver enfin l'occasion de renouer avec sa vraie passion, la littérature. De plus, cela servait son projet : renverser le régime des tsars assimilé au royaume de l'Antéchrist. Vassili était convaincu du pouvoir sacré des mots créés par Dieu pour transmettre son Message et faire tomber les murailles de l'impiété, comme autant de trompettes de Jéricho...

Ce fut une période faste pour Raskolnikov : ses élèves progressaient au-delà de ses espérances ; quant à lui, il apprenait beaucoup à leur contact. Il avançait aussi dans l'étude du droit et de la jurisprudence, et surtout Vassili lui fit découvrir la poésie et le roman, domaines futiles qu'il avait dédaignés jusque là. La fréquentation des idées pures l'avait accaparé comme une obsession, une véritable maladie ; le jour où un raisonnement fallacieux, d'une extrême séduction, s'était imposé peu à peu à lui comme une évidence, son caractère entier, ardent, avait fait le reste, le poussant à concrétiser cette pensée en un acte terrible, au-delà de toute morale et de toute vérité humaines. Car il fallait qu'il eût franchi ces limites vulgaires pour accéder à la Liberté. Il avait du mal, encore aujourd'hui, à en mesurer toutes les conséquences, et son esprit avide de logique cherchait désespérément la faille, le défaut, le vice profond qui gisait nécessairement dans l'une ou l'autre des prémices du sophisme initial.

Curieusement, sa présence au bagne lui faisait du bien : la raison en était que là, enfin, pour la première fois depuis des années il n'était plus seul ; pauvre parmi les pauvres, réprouvé parmi les réprouvés, dégagé de tout souci matériel, il s'apercevait peu à peu de la présence, de l'existence, de la nécessité des autres. Ces autres qui n'étaient pas dans son plan, ces autres haïssables, il les avait considérés jusque là, comme les parties indiscernables d'un bloc abstrait que ses maîtres à penser nommaient « l'Humanité », avec des trémolos de respect hypocrite dans la voix. Les « autres » avec leurs hideuses faces blanches, lisses, muettes, n'étaient que les atomes insignifiants de cette Totalité à laquelle il avait décidé, dans un bel élan de générosité, de vouer son existence supérieure d'homme unique. Les « autres » enfin, dans sa vision du monde, étaient les pions à sa disposition de l'immense partie d'échecs à laquelle il s'était invité sans y être prié par un adversaire inconnaissable, invisible et secret : c'est en écrasant l'un de ces pions, ce « pou malfaisant », qu'il aurait dû enfin dégager la voie de sa victoire sur l'AUTRE ; or c'est à ce moment – à ce moment précis de son avènement - qu'il en avait eu la révélation brûlante : l'AUTRE, c'était ce pou qu'il avait sacrifié ; l'AUTRE, c'était Dieu qu'il avait tué ; l'AUTRE, c'était lui-même qu'il avait renié….

Cette évidence monstrueuse, pourtant, ne faisait encore que l'effleurer de loin en loin, en des frôlements discrets, comme l'aile d'un ange venu le caresser dans ses rêveries ; le rationalisme fragile auquel il tentait de se raccrocher – comme à un fétu de paille au milieu de la tempête – l'empêchait encore de se laisser emporter par le vertige.

Non, à cet instant, Raskolnikov ne pouvait toujours pas se résoudre à cette défaite de la Raison, de sa raison unique et – presque – triomphante : s'il reconnaissait s'être trompé quelque part il cherchait toujours une cause mathématique, objective, à son échec ; et l'inlassable travail de la logique perverse encore à l'œuvre dans son esprit le rendait sourd aux battements de son cœur.

Cependant il voyait des êtres autour de lui ; il les reconnaissait, pour la première fois lui semblait-il, comme ses semblables. Les prières mystiques de Vassili, la douceur et la fantaisie d'Ali, les malheurs et les questions insondables d'Andreï, les pitreries et les jérémiades d'Isaïe Fomitch… tout cela était imprévisible et ne rentrait pas dans cette vision désincarnée de l'Humanité qu'il lui fallait sauver ; ces hommes, et bien d'autres de ses compagnons d'infortune, criminels endurcis, étaient tout autre chose que des machines vouées au mal, il s'en apercevait maintenant comme d'une vérité. Ils se confiaient à lui, ils lui livraient leur cœur et se mettaient à l'aimer ; mais pourquoi cela, par quelle aberration, alors qu'ils ne lui devaient rien et que lui-même n'avait rien fait pour mériter cette confiance, cet amour?... Ils lui posaient, chacun à sa manière, la question naïve et insoluble de l'existence dans sa singularité même.

Mieux encore : il découvrait soudain la densité d'autres êtres dont il croyait pourtant avoir fait le tour, à tel point qu'il les avait froidement utilisés pour la réalisation de son grand dessein sans en soupçonner le prix. Et tout d'un coup ces pions – sa sœur Dounia, ce benêt de Razoumikhine, Sonia-la-Misère, Porphyre le malfaisant – prenaient corps et vie sous ses yeux, s'animaient comme les soldats de plomb du conte et venaient lui déclarer leur amour – ce n'était que justice... Mais il lui paraissait en même temps qu'ils s'assemblaient autour de lui et l'observaient d'un œil lucide et quelque peu narquois, ce qui le mettait profondément mal à l'aise. Son impuissance à les chasser le faisait enrager ; l'étrange phénomène s'étendait jusqu'aux apparitions du fantôme de Svidrigaïlov qui avait l'impudence de le visiter, arborant le poids de l'Etre sur son visage lunaire aux yeux morts... .

Qu'avaient-ils tous à s'en prendre à lui, qu'attendaient-ils? Que pouvait-il donc leur apporter, maintenant que son avenir de Sauveur de l'Humanité était largement compromis, que lui-même avait failli à sa tâche, cédant au remords et au doute?... Il aurait mieux compris et accepté leur hostilité, voire leur mépris.

Un génie avorté, un conquérant failli méritait rien moins que l'oubli ; alors pourquoi cette attente, pourquoi cette sollicitude?... Ces questions dansaient en lui et le tourmentaient dans ses rêveries tandis qu'il restait prostré des heures entières dans la salle d'études. Dans le même temps une voix intérieure lui soufflait doucement que la réponse était proche ; qu'elle ne se trouvait dans aucun livre, dans aucune doctrine, au-delà de toute science, de toute philosophie, de toute religion ; qu'elle gisait ici, au bagne, devant ses yeux aveugles, sous ses pieds, à portée de main, pépite éclatante enrobée de boue ; qu'il ne tenait qu'à lui de se baisser, de la ramasser avec précaution et respect, puis de se relever et de la brandir en triomphe, de s'en coiffer comme d'un diadème impérial ; et puis partir, libre enfin, renverser la palissade, morne vague de sapins écorchés, enjamber le flot murmurant de l'Irtych au chuchotement de rêve, prendre pied sur la steppe blanchie d'un givre d'écume, plonger dans l'ivresse de l'errance sur des chemins inouïs....

Cette sensation devenait parfois irrésistible, comme ce matin de Pâques à l'infirmerie où le souffle chaud du désert l'avait effleuré pour la première fois et l'avait transporté par delà l'horizon... Et il pleurait de joie sans raison apparente. Mais il cherchait en vain la clé, il ne savait où trouver la porte. Derrière ce mur invisible où cognait son esprit, l'étendue immense languissait, vierge et pantelante, qu'il brûlait d'aller féconder de ses pas...

Cependant il avançait à l'aveuglette dans une sorte d'obscurité cotonneuse, striée de lumière, percée d'appels ; une humanité glauque de forçats aux crânes rasés, trognes grimaçantes ou inondées de larmes, y grouillait en glapissant des paroles incompréhensibles dans la chaleur monstrueuse, la vapeur humide et brûlante du bain turc où leurs corps nus enchevêtrés suaient l'eau et le sang. Comme une oasis au cœur de cette géhenne quelques visages amicaux, lumineux, lui souriaient et semblaient désigner un point de l'espace : il croyait reconnaître les traits d'Ali, de Sonia, de Vassili, d'autres encore, qui s'estompaient et tremblotaient dans l'agitation brumeuse. Puis la vision se troublait et fondait en ruisselant dans la clameur informe ; il n'en subsistait bientôt plus que le rougeoiement spasmodique d'une flamme à demi éteinte, rythmé par un sanglot étouffé...

Rodion avait de fréquentes conversations avec Vassili mêlant intimement droit, théologie, littérature, philosophie ; une véritable camaraderie s'éveilla entre eux malgré leurs dissemblances, tandis qu'ils évoquaient les poèmes de

Pouchkine ou les œuvres de Gogol. Il découvrait que ces auteurs avaient exploré bien avant lui les tréfonds de l'âme russe dans sa candeur et sa rouerie, sa violence charnelle et sa ferveur contemplative. La magie du verbe leur faisait oublier leur condition présente et la musique de la poésie les transportait bien au-delà des murs dans un inconnu bleuté où des cités de rêve flottaient sur les nuages, où Cléopâtre voisinait avec Tarass Boulba, Tchitchikov avec dona Anna…

Raskolnikov n'avait jamais soupçonné que l'art pût être à la fois si réaliste, dans sa description de la misère du temps, et si exotique, dans la fusion des mots qui explosaient en guirlandes tressées d'azur. De formation juridique, il avait toujours considéré le langage comme un outil de précision, appelé à forger des textes indiscutables définissant les rapports entre les hommes et les choses : il s'agissait de catégoriser, d'étiqueter, de diviser et de ranger. Le projet du droit civil lui paraissait clair et net : les articles du code étaient autant de mailles du gigantesque filet qui enserrait l'animal humain pris au piège de ce gouvernement des mots, empêché d'exercer sa liberté fondamentale, sa sauvagerie innée. Aucune transcendance dans tout cela : le maître des mots était le Maître tout court et c'est sous sa dictée que les scribes avaient tissé la toile de la loi. Seul un esprit supérieur pouvait s'affranchir de ce pouvoir, en proclamant hautement la vacuité du texte : c'est en violant la Loi qu'on pouvait l'abolir et renverser ainsi l'Autorité suprême. Mais à ce jeu de chat perché le rebelle victorieux ne pouvait se refuser à prendre la place du tyran : ne serait-ce que pour dicter une nouvelle loi « plus humaine et plus juste », bien sûr, destinée à la foule inférieure dont il devrait désormais se défier en l'enfermant dans un nouveau carcan à peine plus séduisant que le précédent…

Le seul Maître, c'est Dieu, répondait Vassili : Il nous a donné les mots, le Verbe s'est fait chair et la poésie est entrée dans le langage comme une liberté irrépressible, un reflet de l'Eden… Toute loi est d'essence divine, et il faut s'y soumettre : la rébellion est inspirée par Lucifer, l'ange voleur de feu, et ne peut mener qu'à la Mort éternelle... Tout despote (et sur ce point ils se rejoignaient) est un ancien rebelle, fils du diable et de la Bête (ajoutait Vassili). Depuis la fin des vrais souverains, nobles seigneurs issus de la maison de David, l'Antéchrist règne sur la Russie : c'est donc lui qu'il faut renverser. Alors seulement surviendra la Jérusalem céleste, l'on assistera au retour du vrai Dimitri qui rétablira la Loi divine, et ce sera Noël sur la terre !

Ces propos faisaient rire Rodion, qui se moquait de cette foi naïve de paysan ; mais parfois son rire s'étranglait, quand il percevait une lueur étrange dans le regard de son compagnon. Et pourtant quelque chose le touchait au plus profond, quand Vassili lui racontait comment, dans son village, alors qu'il n'était encore qu'un tout petit enfant, les habitants avaient fui les gendarmes venus les recenser ; ils s'étaient réfugiés au fond d'une forêt et là on avait allumé un grand bûcher où ils allaient se précipiter en chantant des cantiques ! Sans rien comprendre, affolé par les flammes et la fumée âcre, il avait vu ses voisins, ses grands-parents puis son père s'élancer tour à tour dans le brasier, disparaître à tout jamais... Sa mère qui avait compris comment les choses allaient tourner l'avait entraîné dans un fourré en lui fermant la bouche, s'efforçant de détourner son regard ; au matin, dans le petit jour sombre et enfumé, à la lueur pâle de la braise, suffoqués par l'odeur, ils réalisèrent qu'ils étaient les seuls survivants de cet holocauste... Ils s'enfuirent alors à travers les bois et les steppes, se terrant à chaque bruit, fuyant les hommes et leur sauvagerie, se nourrissant de petits animaux et de blés volés. Un jour d'été cependant, alors qu'ils étaient tombés endormis d'épuisement au bord de la grand'route, un marchand s'arrêta et les emmena dans sa caravane, ému par ce spectacle pitoyable de la jeune mère en guenilles, agrippée à son enfant aux yeux immenses, sombres comme la mort. De bivouac en marche il sut apprivoiser la sauvageonne et la ramena chez lui, à Novgorod, où il l'épousa sans autre forme de procès, étant lui-même veuf et sans enfant. Vassili hériterait de ses richesses matérielles et spirituelles, et il entreprit de l'élever dans la Vraie Foi, lui insuffla le désir d'accomplir le Grand Dessein de sa communauté. En racontant cela, les yeux brillants, il restait évasif, mais il laissait entendre qu'il était effectivement devenu le dépositaire principal de ce secret à la mort de son beau-père. Il restait très marqué par la disparition des siens dans les flammes du sacrifice ; de telles pratiques étaient courantes à l'époque : ainsi avait-il appris que dans d'autres districts les Vieux-Croyants s'enterraient vivants plutôt que d'être dénombrés et enrôlés dans les légions de Satan... Vassili s'était alors juré de les venger tous et d'accomplir la prophétie.

Il avait dès lors considéré que tous les moyens seraient bons pour abattre la maison des Romanov et s'était constitué sa propre théologie avec l'appui d'Ambrosius, un moine rallié (il appartenait à une secte prêtrisante, qui reconnaissait l'autorité d'un clergé réfractaire à la réforme de Nikon).

En effet, si la règle de la soumission sans bornes à la volonté divine amenait à tolérer pour un temps l'imperfection et le règne du mal, il devenait urgent de prêter la main à Dieu et de lui fournir les instruments de sa Justice Infinie pour que Sa volonté s'accomplisse dans les temps prescrits. Les signes se multipliaient, les faux prophètes abondaient et tentaient d'extirper la Vraie Foi du cœur des russes : les popes honnis de l'église réformée venaient au premier rang, le métropolite Philarète à leur tête. Mais le diable comptait de nombreux autres alliés : les schismatiques de Constantinople, les papistes polonais, et même certaines sectes protestantes s'établissaient avec succès à Moscou, à Peterbourg et en Russie d'Europe ; les juifs venus de Pologne et de la mer Noire se répandaient partout avec leurs coutumes étranges, et leur commerce en plein essor menaçait maintenant celui des Vrais-Croyants ; les musulmans enfin pullulaient dans le Caucase et en Asie Centrale. Les cosaques fidèles à la Vraie

Foi, nombreux sur les deux rives de la Volga, racontaient les exactions des « turcs » dans des histoires à faire frémir.

Dans ces conditions l'Apocalypse devenait inévitable et son imminence même rendait urgente la recherche de combattants de Dieu prêts à répandre la maladie, la confusion et la mort dans le camp des infidèles et des renégats, prêts à trancher les têtes de l'hydre, à crucifier l'Antéchrist, à dévaster les Sodome et Gomorrhe établies par l'Occident corrupteur ; les yeux de ces Justes verraient surgir la Jérusalem céleste des profondeurs du lac sacré où elle gisait engloutie depuis les temps édéniques... . Pour hâter le triomphe de la Vraie Foi révélée au peuple russe, élu de Dieu et bouclier du Christ, il fallait en effet porter le fer et le feu contre les incrédules. Les héros de la guerre sainte, sacrifiant leur vie terrestre, accéderaient ipso facto à la Vie Eternelle, où rien ne leur serait refusé.

Lorsque Vassili se lançait dans de tels propos son visage, mangé par des yeux flamboyants, devenait méconnaissable, effrayant, décomposé par une monstrueuse passion meurtrière. Raskolnikov, avec une fascination malsaine, retrouvait dans ce fatras mystico-philosophique l'écho de ses propres raisonnements comme une fatalité dont il ne pouvait s'extraire.

Dans ces instants un frisson putride lui parcourait l'échine, tandis que Vassili vomissait par spasmes sa haine tiède, à l'odeur gélatineuse d'encens.

X

UN BANQUET DE MISERE

Au milieu du mois de mai la commission d'examens qui s'était déplacée jusqu'au bagne attribua le diplôme élémentaire à chacun des élèves de Raskolnikov, à la surprise générale. Ce succès collectif était la reconnaissance éclatante des efforts qu'il avait développés sans se ménager pour enseigner les rudiments de la lecture et de l'écriture aux prisonniers. Piotr Aristych, dans un discours ampoulé devant les bagnards, debout en rangs dans la cour, lui rendit un vibrant hommage, soulignant ses talents de pédagogue, ainsi que l'enthousiasme avec lequel il avait accompli une tâche aussi ingrate et inutile au demeurant.

Puis on appela chaque lauréat par son nom et ils vinrent un à un à la tribune, gauches et empruntés dans leurs blouses rayées, entravés par les fers qui cliquetaient entre leurs jambes, recevoir dans leurs mains calleuses aux ongles bordés de noir les élégants parchemins que leur remettait solennellement le président du jury. Celui-ci, rebuté par leur aspect et leur odeur forte, avait du mal à cacher son dégoût, et avait manifestement hâte que cette petite cérémonie se termine. Les bagnards remerciaient timidement ces messieurs élégants à la mise soignée engoncés dans leurs fracs et leurs faux-cols puis s'esquivaient bien vite, serrant contre eux le précieux document qui les avait ramenés pour un instant dans la communauté des hommes.

L'un d'eux cependant, un colosse sibérien, assassin d'enfants qui n'avait pas froid aux yeux, saisit le document et se tourna vers Raskolnikov en l'apostrophant à peu près ainsi :

« - J'suis un sauvage, Rodion Romanovitch, et j'sais pas causer comme ces messieurs d'la ville, qui nous ont fait l'honneur... Et jusque là j'savais pas lire, ni écrire non plus, ça j'ai pas honte de l'dire, ma mère ell' m'avait rien appris, la pauvre, c'était pas sa faute non plus, ell' faisait la bamboche et buvait avec le vieux – et aussi avec tous ceux du village, ça, pour sûr, ell'a pas perdu son temps avec ses gamins, elle avait mieux à faire au cabaret ! (les autres s'esclaffèrent).

Le vieux, lui, y m'battait comme plâtre quand il était soûl, et tout l'reste du temps y ronflait à faire trembler les murs, ce fainéant, y n'songeait mêm' pas à rallumer l'poêle, mais gare à moi si on manquait de bois !... D'ailleurs c'est comme ça qu'un jour, en rev'nant tout transi avec mes fagots, j'l'ai trouvé raide, le crâne fracassé ; la mère lui avait réglé son compte ! (Piotr Aristych toussota, et lui donna une bourrade). Oh, ça va ! J'vais pas vous raconter ma vie, ça vous f'rait pleurer ! Mais c'que j'veux dire, et c'est à toi, Rodion Romanovitch que j'm'adresse, c'est qu'tu m'as rendu un sacré service en m'apprenant tout ça : j'ai enfin pu lire l'journal, et écrire à ma donzelle ; et puis, j'sais pas comment t'dire... Mais j'me sens enfin comme un homme, ou quèqu'chose d'approchant ; le jour où j'ai commencé à déchiffrer un mot, comme ça, un mot idiot, une bêtise, j'ai senti une lumière s'allumer en moi, comme une force immense qui s'éveillait d'un très long sommeil, j'veux dire... C'est comme si, avant, à mon âge et avec toute ma force, j' n'étais rien, rien qu'un sale gamin battu, un fils de pute et d'ivrogne, un rien du tout, quoi, et un sale criminel en plus !... Tiens, au fait, tu veux savoir pourquoi, avant, j' tuais des mômes ? Et des dizaines, et des dizaines encore, tiens, j'les ai toujours d'vant moi, comme y z' étaient mignons et propres !

Eh ben j'le savais pas, moi, pourquoi j'le f'sais ; y m' mettaient en rage, rien que d'les voir, tiens, comme ça, sur le ch'min d'l'école !…Et pis j'ai compris ça tout soudain, au même moment, quand j'ai lu mon premier mot : c'est tout bonnement qu'j'étais jaloux, v'là tout… Jaloux qu'eux, y z'aillent à l'école, justement, et qu'y z'apprennent à lire, écrire, tout ça, et qu'moi, l'gosse des rues, j'saurais jamais rien à rien… A eux, les merveilles, les contes, les histoires et tous ces trucs magiques qui font tourner l'monde ; et à moi, fils de la lune, rien, la misère et les coups, la faim au ventre et leurs chiens contre moi… Alors j'voulais m'venger, leur montrer ma force, j'avais la haine de tout ça, puisque personne n'voulait m'aimer, autant m'faire craindre et détester ! Mais que j'étais bête !

V'là tout, Rodion, avant ça j't'aimais pas non plus, t'étais de leur côté, avec tes façons de monsieur de Peterbourg… Et pis, comme ça, pour rien, tu m'as fait c' cadeau, comme j'en rêvais pus de pareil, moi qu'on n'a jamais rien offert… Et y'en a qui disent encore qu'ça sert à rien ! » dit-il, crachant par terre en regardant Piotr Aristych d'un œil hostile.

« -Ben moi, j'sais ben à quoi qu'ça sert, maint'nant ! Alors, j'sais pas comment t'dire merci, mon camarad', j'ai rien à t'donner… Si, tiens, mon diplôme : pour moi, ç'papier, y peut servir à rien, j'vais tout d'mêm'pas présenter des concours maint'nant ! (tous éclatèrent de rire). Ce s'ra comme un souv'nir… C'qui compte, c'est c'que tu m'as mis dans la tête… et dans l' cœur aussi, ça, j'ai pas honte de l'dire non plus ! Et si y'en a un qui rigole, j'y casse la tête ! C'est-y bien compris ?… » cria t-il en jetant un regard farouche autour de lui, les poings serrés. Mais plus personne ne songeait à rire.

Il saisit Rodion entre ses bras puissants capables de briser l'échine d'un ours et l'embrassa en pleurant à chaudes larmes. Doucement et pour lui seul, il murmura: « Tu sais, Rodia, pour ces mômes, qu'est-ce que j'ar'grette, maint'nant ! ».

L'air chaviré, il retourna dans le rang, sans se soucier le moins du monde des mines outragées des officiels auxquels il tournait le dos.

Quand vint le tour du jeune Ali celui-ci, enhardi par cet exemple, annonça timidement son intention de déclamer un texte de son cru, qu'il avait jalousement tenu secret jusque là. Piotr Aristych lança un regard inquiet à Raskolnikov qui lui fit un signe apaisant tandis que, derrière lui, le président du jury semblait friser l'apoplexie.

Sous la risée de ses camarades Ali s'avança d'un pas hésitant jusqu'à la tribune ; il extirpa un feuillet de sa poche trouée, le déplia soigneusement et le tint devant ses yeux.

Malgré les quolibets, sa voix chancelante s'éleva peu à peu :

Dans la cour de ma prison

Comme vole la neige

Au-delà de l'horizon

Comme tu tournes, manège

Dans le cœur de ma cité

Très loin d'ici, gazelle

Pleure-au-froid, Rit-l'été

Lancinante ritournelle

Tangue, vire, volte, ma troïka

Marteaux, sabots, galop

Les chevaux de Petrouchka

Font tinter leurs grelots

*Les murmures et les ricanements s'étaient tus comme par enchantement, laissant place à un silence attentif. Les paroles d'Ali résonnaient claires dans la tiédeur du soir ; l'incendie du couchant rosissait sa face et accrochait des ombres violettes à ses joues ; ses yeux de jais brillaient, pétillants d'une joie surnaturelle.

La route est comme une anguille

Serpent tordu, tronqué

Gigotant, grinçante quille

D'un vaisseau efflanqué

C'est là-bas que va mon rêve

Là, vivante forêt

Puissante source de sève

Avec toi je m'y rendrais

Au bal des fées, clair de lune

Dansons ce cotillon

Donne ta main, viens, ma brune

Et volons, papillons

Dans la prison de mon cœur

Tu es là, et tu chantes

L'été vient, avec les fleurs

Et ma joie si ardente

Il s'arrêta. Les hirondelles piaillaient dans le crépuscule ; un forçat sanglotait comme un enfant, appuyé sur l'épaule de son voisin.

Les yeux fixés sur le ciel de la palissade, Rodion put discerner encore le reflet aveuglant de la Beauté, nue dans son char de carnaval, au-dessus du chaos humain. Comme l'écho d'une fuite un tambourin passa mêlé au son d'une flûte acidulée, effluve d'une fête panique, frisson irrépressible des corps dansants.

La brise du soir chargée de parfums légers apporta un crépitement soudain, grange de flammes voraces ; mais non, ce bruit enflait comme un vacarme chargé de cris et de rires, tempête d'applaudissements venus du cœur des assassins, jaillissement d'amour pur déposé sans calcul aux pieds du poète d'un jour.

On se jeta sur Ali, on l'embrassa, on le congratula ; les plus frustes, tombés à genoux, pleuraient d'une joie divine et se couvraient la tête de poussière. On se saisit de lui et il fut porté en triomphe dans les acclamations, juché sur les épaules de l'ogre de Sibérie, tout autour de la cour d'honneur de la prison.

Les officiels se retirèrent prudemment dans le bâtiment administratif, tandis que Piotr Aristych, un peu à l'écart, donnait des ordres au chef de la garde.

Cependant l'effervescence continuait sous les yeux réprobateurs des surveillants, invalides de la guerre de Crimée pour la plupart, qui s'étaient placés en retrait pour éviter tout incident.

On improvisa un banquet de misère : après avoir tiré dehors les tables et les bancs, on tordit le cou à une oie et à trois chiens qui fréquentaient imprudemment les parages ; le chat, plus avisé, avait filé se cacher derrière le poste de garde, d'où il s'enhardissait parfois à jeter des regards curieux sur l'orgie qui se préparait. On alluma des feux, les réserves des cuisines furent pillées, et l'on vit circuler comme par enchantement des quantités d'alcool frelaté, tiré des boyaux qui avaient servi à son introduction discrète dans la prison.

On veilla ainsi dans les chants, les danses et la fumée ; aux rythmes guerriers des chœurs cosaques succédèrent les chansons graveleuses, puis, tard dans la nuit, la tristesse des airs tziganes submergea les âmes les plus farouches. Au petit matin les derniers fêtards rentrèrent en titubant dans les baraques ; on retrouva Ali sur la pelouse du commandant, dormeur béat englouti dans ses rêves, veillé par les elfes et les marguerites.

Le surlendemain Piotr Aristych convoqua Rodia ; les abeilles d'or butinaient le brocart émeraude tendu, printemps impérial, sur trois horizons de son bureau. Le quatrième vibrait dans la chaleur piquetée d'azur d'une promesse nouvelle, échappée vive d'herbe et de sable soutachée d'écume. Derrière la fenêtre fermée on ne pouvait entendre le grondement du fleuve grossi par le dégel, puissante veine de sève, pulsion minérale tendue vers l'immensité, la perte.

Après l'avoir à nouveau chaudement félicité pour les succès de ses élèves il lui reparla d'Ali. Malgré les désordres que sa lecture publique avait provoqués et le trouble qui s'en était suivi au sein du jury, ses éminents membres, et tout particulièrement son Président, qui n'était autre que son Excellence le baron Krov, conseiller d'Etat fort en vue à la Cour, avaient su apprécier à sa juste valeur le talent naissant du jeune poète. Piotr Aristych pensait avoir réussi à lui faire admettre l'idée qu'Ali était la preuve des capacités surprenantes du Peuple à percevoir l'Inconnaissable et à l'exprimer de la manière la plus juste, pourvu qu'on lui en donnât les moyens. Les plus grands artistes, les plus vrais, les plus sensibles, étaient presque toujours des affranchis, des roturiers, fils de paysans et d'ouvriers charrons, bien plus souvent que des aristocrates aux goûts amollis, pervertis par les vices du temps. Le luxe débouchait sur la facilité ; la débauche, sur l'endurcissement et la perte du sens.

Pour donner le monde à voir et à goûter il fallait vivre comme un fruit parmi ses fruits, s'y ébrouer comme une fleur sauvage au milieu du pré. L'inspiration venait naturellement à celui qui restait à l'écoute des voix de la forêt, et savait discerner le chant du rossignol aux yeux crevés dans le vacarme de la ville indifférente.

Seuls les êtres simples pouvaient pénétrer dans la caverne magique des mots, des sons et des couleurs, et en tirer les associations les plus inattendues. La peine et le malheur, si communs au sein du peuple, venaient exacerber ces qualités intrinsèques de l'artiste et l'amenaient à dépasser ses limites pour produire les plus beaux des chefs d'œuvre.

Ainsi Ali avait pu exercer ses dons grâce à la conjonction rare de trois facteurs : la fraîcheur naïve de son âme pure, l'acquisition des rudiments de la grammaire, le fumier du crime et de l'avilissement. Piotr Aristych avait été très frappé par l'enthousiasme des bagnards devant la révélation du poète : selon lui ces êtres sauvages, coupables des pires horreurs commises de sang froid, étaient subjugués par son chant comme les animaux par la lyre d'Orphée. Il en venait à imaginer qu'on puisse ainsi utiliser la poésie pour purifier nos villes et transformer en doux agneaux les grands prédateurs. Malheureusement le miracle était rare et ne se laissait pas domestiquer ; et puis, ses effets étaient de trop courte durée. Cependant le développement de l'art dans les prisons permettrait peut-être d'entrouvrir les chemins de la réhabilitation, et c'est en ce sens qu'il fallait sans doute agir et persévérer.

« - Mais mon cher Rodion, je vous assomme de discours abstraits, j'en oublie presque l'essentiel : voilà bientôt un an que vous avez repris vos études ; le temps est venu, pour vous aussi, de présenter l'examen et j'attends de vous que vous l'obteniez haut la main, cette licence ; aussi une permission exceptionnelle et unique de quinze jours vous est-elle accordée par un décret spécial du gouverneur de la Province, sur autorisation expresse du Garde des Sceaux. En un mot comme en cent, préparez-vous vite, mon ami : car vous partez demain pour Peterbourg. »

Raskolnikov était abasourdi et ne sut que répondre. En effet, s'il attendait ce moment depuis longtemps, l'annonce en était si brutale... et surtout la durée, quinze jours !... était inespérée. Les examens, à cette époque, duraient trois jours ; s'il fallait compter quatre jours de voyage pour s'y rendre et quatre autres pour en revenir, il lui en resterait donc quatre, quatre jours entiers sur place, sans autre souci que de vivre, de retrouver Sonia, Dounia, Razoumikhine et ses amis d'alors ; quatre jours pour aller et venir dans la ville de son souvenir, quatre jours pour retrouver ce qui fut et qui il fut, pour rechercher la trace de ce qui n'est plus ; quatre jours pour évoquer les vivants et les morts, quatre jours de lumière pour explorer les ombres...

« - On dirait que cette nouvelle ne vous convient pas ? … s'exclama Piotr Aristych, sur un ton d'inquiétude.

- Je songeais au passé… répondit-il comme en rêve. Un homme peut tout perdre, mais nul ne peut lui ôter cela. Le passé, c'est comme un fardeau qui vous pousse toujours un peu plus vers la terre, quand on n'y pense pas ; et puis un jour soudain un mot et il surgit, gonflé comme une montgolfière, il vous emporte dans le ciel très haut, là-haut et vous emmène très loin, là-bas, en Amérique…. En revient-on jamais?…

- En tous cas, vous reviendrez de Peterbourg, vous mon cher, et diplômé encore, je m'y engage personnellement !… Je compte sur vous comme sur un ami ! Car, et je devrais sans doute taire mes sentiments à votre égard, mais vous m'inspirez vraiment, oui, de l'amitié, Rodion Romanovitch, de l'amitié… une vraie, une forte amitié, malgré tout ce qui nous sépare, moi, un officier, et vous, un…

- Un assassin ? dit doucement Raskolnikov, avec un sourire énigmatique. Oui, c'est la pure vérité ; je suis un assassin emporté par son passé qui survole son présent, sans espoir ni remords de ce qu'il fut ni de ce qu'il sera…

-Pardonnez-moi Rodion, je ne voulais pas vous froisser ; je suis sincèrement désolé. Convenez vous-même à quel point cela est étrange…

- Oui, vous avez raison, Piotr Aristych, *l'amitié se rit des barrières*[9]. Et j'admire votre courage -ou votre inconscience- car vous prenez des risques à l'afficher ainsi. Je ne sais comment vous remercier pour une aussi longue permission, car c'est à vous que je la dois, n'est-ce pas ? Rien ne justifie…

- Ne me remerciez pas, mon ami ; et ne craignez pas trop pour moi, je crains plutôt pour l'avenir de notre programme, après ce qui s'est passé… Revenez-moi donc avec votre licence, ce

---

[9] En français dans le texte

sera le plus beau cadeau que vous pourrez me faire. Enfin nous serons deux, dans ce *trou perdu*[10] ! Et alors ,nous pourrons parler d'avenir, même si vous êtes « sans espoir ni remords ». Mais l'êtes-vous vraiment ?... Non, ne dites rien. J'en sais assez pour le moment. Adieu mon ami. Le Seigneur vous vienne en aide, car vous le méritez !... »

---

[10] idem

XI

LA MAISON IPATIEV

Agrafena Timofeevna avait tenu à conduire Sonia jusqu'à la prison dans son tilbury attelé à deux chevaux de belle prestance. Avec leurs ombrelles, leurs voilettes et leurs robes de taffetas à volants, on eût dit deux dames nobles en route pour quelque réception mondaine. Sonia avait voulu en effet que la sortie de Rodion fût une fête de tous les instants, et elles avaient toutes deux revêtu les plus beaux atours de sa collection, habilement confectionnés avec des chutes de coupons dont on ne savait que faire. Même le cocher et le valet loués pour la circonstance, portaient des livrées neuves, et leurs bottes cirées (pour la première fois de l'année, sans doute) étincelaient au soleil du matin.

Raskolnikov, debout devant le poste de garde, flottait dans ses habits civils démodés dont il avait redécouvert l'odeur avec nostalgie. Une valise en carton bouilli à ses pieds, il regardait s'approcher l'équipage sans perdre une miette de ce spectacle empreint d'une douceur presque oubliée. La lumière du dehors l'éblouissait un peu et il avait mis sa main en visière pour mieux distinguer la scène tandis que Piotr Aristych, à ses côtés, trépignait d'impatience. Ce dernier se précipita vers Grouchegnka pour l'aider à descendre tandis que Rodion tendait gauchement le bras à Sonia qui lui souriait comme un ange blond, au nez un peu dévié. Un charme indéfinissable se dégageait de ce visage à l'ovale imparfait, encadré par une cascade de boucles naturelles qui venaient l'estomper d'un flou presque aérien, de cette bouche ferme et douce comme un fruit rouge parfumé, de ces traits fins et agréables, bien qu'irréguliers, rehaussés par un regard bleu faïence d'une pureté presque insoutenable ; le plus souvent humble et soumis, il pouvait parfois jeter des étincelles, de fierté blessée plutôt que de colère. Mais surtout, il laissait sourdre en un flot permanent une lumière quasi surnaturelle qui vous enrobait et vous nappait comme un rocher la mer, irrésistible lunaison de douceur et de joie. Même le plus endurci des criminels du bagne sentait inexplicablement s'accélérer son cœur oublié ; et soudain il se trouvait possédé d'enthousiasme, surtout si elle le gratifiait au passage comme à son habitude d'une parole amicale, de sa belle voix basse et frissonnante.

Après les embrassades on fit monter Rodia et Sonia dans le tilbury tandis que les deux autres prenaient place dans la briska[11] de Piotr Aristych, qu'il avait fait atteler. Il donna le signal du départ au cocher ; celui-ci agita son fouet en claquant de la langue. A ce moment une ovation s'éleva des rangs des prisonniers rassemblés dans la cour d'honneur pour l'appel quotidien. Raskolnikov se leva dans la voiture et se tourna vers eux en agitant le bras, les larmes aux yeux, pour un dernier salut.

Le tarantass[12] ne devant partir que le lendemain, on s'arrêta *pour causer*[13] chez Agrafena Timofeevna ; la conversation, gaie et animée, roula sur des sujets futiles : l'hôtesse chargea Sonia de toutes sortes de commissions à faire dans la capitale et lui confia à cet effet deux grosses liasses de billets ainsi qu'une

---

[11] Sorte de cabriolet à deux places

[12] voiture fermée assurant un service de diligence

[13] en français dans le texte

boîte pleine de papiers. Piotr Aristych parla littérature, recommandant à Rodion d'aller voir les dernières pièces à la mode, et le chargea de lui rapporter quelques ouvrages introuvables en province.

L'air était frais et léger, vibrant du murmure des abeilles et des senteurs de lait caillé d'une ferme voisine ; au loin les frondaisons, alignées comme une armée en parade, paraissaient attendre un signal invisible pour danser et chuchotaient au vent des secrets de nervures.

On pique-niqua dans le jardin où Agrafena avait fait dresser un buffet sur des nappes blanches brodées à son chiffre. Marfa la petite domestique apporta un à un les plats, et bientôt la table fut encombrée de pâtés chauds à la viande, de poissons fumés, de crêpes au sarrazin et de terrines variées. Piotr Aristych déboucha une bouteille de champagne et porta un toast aux succès de Raskolnikov qui était ébahi par une telle débauche de victuailles. Il ne savait que dire, heureux et honteux tout à la fois, grisé par sa liberté nouvelle, l'insouciance et la gaieté de cette *partie de campagne*[14], le vin français qui lui ensorcelait la tête, en même temps qu'il éprouvait le souvenir amer de sa pauvreté et de la misère contre laquelle il s'insurgeait toujours. Un regard de Sonia comme un coup de glaive s'enfonça tendrement dans son âme, blessant l'hydre qui s'agitait à nouveau en lui. Rodion resta comme hébété et la journée s'écoula sans qu'il y prît garde, dans le doux babil mêlé des femmes et des oiseaux.

Après le dessert, une charlottka aérienne arrosée de coulis de cerises, il s'étendit sur un banc dont les accoudoirs en fonte figuraient deux cygnes. Sonia était allongée à ses pieds ; ils faisaient face à l'immensité remuante des arbres vers laquelle se dirigeaient bras dessus bras dessous Piotr Aristych et Grouchegnka. Rodia s'endormit et rêva que les grands oiseaux blancs l'emportaient très haut, très loin, bien au-delà de la

---

[14] idem

forêt. Ils parvinrent bientôt à un nuage épais dont il s'aperçut en le traversant qu'il était entièrement constitué de feuilles d'arbre. Il s'étonna seulement de ce que celles-ci, encore vertes, fussent tombées – ou plutôt se fussent détachées de leurs tiges pour flotter ainsi dans l'air, si loin de l'automne. Il remarqua alors les caractères écrits sur certaines d'entre elles, et les mouvements de l'air, qui modifiaient leur juxtaposition de manière incessante, faisaient apparaître des mots et des phrases qu'il comprenait instantanément pour les oublier aussi vite. Une vérité extraordinaire lui apparut soudain comme un éclat de lumière aveuglante et il ouvrit la bouche pour crier ; mais une flèche tirée d'en bas lui déchira le flanc. Sous la douleur il sursauta, les cygnes lâchèrent prise, il tomba comme une pierre. Dans sa chute il aperçut le chasseur grimaçant de contentement en qui il reconnut Brakov, l'un des membres du jury.

Il atterrit dans les bras de Sonia ; elle riait tandis qu'il grognait en se frottant les côtes. Elle le couvrit de baisers, lui défit sa chemise et ils roulèrent dans l'herbe haute, Sonetchka-Rodetchka, soulevant une gerbe de papillons sous le regard complice de l'étoile du berger.

Il n'est pas utile de décrire par le menu la soirée qui suivit ni les larmes qu'ils versèrent à la veillée en écoutant les romances chantées par Agraféna, ou encore les serments solennels d'amitié que tous échangèrent.

Au petit matin après une nuit ardente, Rodia et Sonia montèrent dans la diligence non sans avoir embrassé une dernière fois leurs bienfaiteurs.

Le temps devint alors pulsatile, se contractant et se dilatant au fil des verstes qui s'étiraient dans la steppe. La voiture cahotait, tressautait, hoquetait, se balançait dans le grincement des roues et des ressorts, le clopinement monotone des chevaux, le tintement scandé des grelots. Dans le nuage de poussière qui les accompagnait comme un remords on suffoquait, on pleurait, on toussait, à moins d'étouffer vitres fermées dans la chaleur sèche, insupportable.

Le ciel et la terre s'entrechoquaient faisant bondir le soleil d'un coin à l'autre de l'horizon dans un vrombissement d'apocalypse. L'air sifflait, asthmatique, son haleine pesteuse sur leurs têtes dodelinant au gré des bosses et des ornières.

Rodion, courbatu et malade de soif, sombra vite dans une alternance d'assoupissements et de réveils brutaux, l'esprit traversé de fulgurations blêmes. Sonia résistait vaillamment et lui prodiguait des soins attentifs tout en économisant sur sa part de leur maigre provision d'eau.

De temps en temps on dépassait des sortes de fantômes vêtus de haillons, chaussés d'écorces de bouleau, qui tricotaient la route comme de maigres échassiers ; ils allaient par deux ou trois, jamais seuls, mais aussi par petits groupes d'où s'élevaient des mains décharnées qui quémandaient toujours, bénissaient souvent, menaçaient parfois les voyageurs.

Aux petites heures du matin comme au crépuscule ces rencontres les faisaient frissonner ; on devait ralentir pour les dépasser et l'on entendait distinctement les plaintes, les appels, les gémissements ou les imprécations de ces errants anonymes ; certains pèlerins dont le regard halluciné vous transperçait l'âme psalmodiaient sans cesse les louanges de l'Eternel.

Au début du voyage le cocher fouettait sans pitié ceux qui ne s'écartaient pas assez vite ; dès le premier jour, sur les instances de Sonia et moyennant un gros pourboire il y renonça, interdisant toutefois à ses passagers de distribuer de l'argent ou de la nourriture afin d'éviter une émeute toujours possible.

Rodia quant à lui luttait contre la tentation de descendre de voiture, de se joindre à ces pauvres hères et de mettre ses pas dans les leurs pour cheminer sans autre but que lui-même, sans autre destination que sa propre destinée.

En s'approchant des villes les apparitions se multipliaient ; mais on croisait aussi des paysans correctement vêtus qui allaient en carriole et des grappes d'écoliers qui jetaient en riant des pierres aux vagabonds, puis s'enfuyaient à toutes jambes. Des gendarmes à cheval patrouillaient et dispersaient sans ménagement les rassemblements les plus importants, frappant au besoin les crânes dégarnis du plat de leurs sabres.

Epuisé par la route Raskolnikov avait perdu toute notion du temps et de l'espace ; il s'imaginait que des montagnes humaines marchaient sur lui, grouillantes de poux, et le couvraient de crachats en lui hurlant des prières au visage. Il voyait ces faces difformes aux barbes non taillées lui souffler la litanie des Béatitudes dans une haleine d'alcool frelaté tandis que des garnements le poursuivaient en le lapidant, criant : « A mort ! A mort ! L'assassin ! A bas l'imposteur ! Il a tué père et mère, et voudrait être roi ! A mort ! A mort ! ».

Les nuits étaient pires que les jours car il ne pouvait dormir, malgré la douceur tiède des bras de Sonia, les parfums du printemps, la fraîcheur apaisante du soir. Dans le silence des auberges il retrouvait la vieille qui grinçait des dents en le regardant d'un œil dément. Le sang perlait encore de sa plaie béante. Il se leva et s'approcha de la fenêtre, lui tournant le dos pour regarder au-dehors. Sonia se retourna en gémissant sur le grabat et soudain, dans le disque d'argent accroché au ciel d'encre, il reconnut le visage d'Elisabeth qui lui souriait. Trois heures sonnèrent au clocher proche, et l'on entendit le premier chant du coq.

La douleur sourde, réveillée, se mit à battre comme un cœur emballé dans ses oreilles et il tituba, sentant vaguement des pointes lui percer les chevilles et les poignets. Il défaillit et sombra dans un sommeil profond.

Le lendemain enfin les vraies montagnes vinrent à lui, l'air s'allégea, la chaleur s'atténua et la diligence entra dans Iekaterinbourg. Devant l'état alarmant de Rodion Sonia, qui craignait plus que tout la survenue d'une nouvelle crise, insista pour l'emmener voir un médecin.

Après avoir remonté la rue principale au milieu d'une foule bigarrée où se mêlaient en variations infinies les caractères de l'orient à ceux de l'occident ils arrivèrent sur le flanc d'une colline qui dominait la ville, et se trouvèrent devant une grande bâtisse en bois de style néoclassique. En se retournant sur le seuil ils virent la cité étalée à leurs pieds parée de mille nuances de roses et de bleus, ponctuée de coupoles d'or et de cheminées noires, paisiblement enlacée autour de sa rivière et, en face, la forêt sombre de l'Oural hérissée de pointes et de créneaux.

La maison bruissait de cris d'enfants, vivait d'une vie propre ; lorsqu'ils y pénétrèrent ils eurent l'impression d'être attendus depuis longtemps comme de vieux amis.

Le docteur les reçut dans son cabinet tendu de velours rouge et les écouta longuement raconter le bagne, la maladie, le voyage ; puis il examina attentivement Rodion, lui palpant le pouls, écoutant sa respiration, lui scrutant le blanc des yeux. Il en vint à la conclusion que ce dernier, affaibli par sa détention et très éprouvé par les fatigues du voyage, devait impérativement prendre trois jours de repos. Mais il les rassura : si l'épilepsie n'était pas guérie (et elle ne pouvait l'être, en l'état actuel de la science) elle était tout à fait stabilisée ; il n'y avait rien à craindre avant longtemps, à condition qu'il prît régulièrement d'une certaine poudre sédative dont il griffonna le nom sur une ordonnance qu'il fit porter chez l'apothicaire chinois de la ville basse. Il fallait surtout éviter les chocs nerveux, sources possibles de ces trémulations de l'âme qui affectent particulièrement les poètes et les visionnaires ; les récentes hallucinations de Rodion Romanovitch étaient seulement la conséquence d'une déshydratation intense, combinée aux ballottements de la matière cérébrale engendrés par les cahots de la route. L'épuisement physique, et aussi la sidération de l'esprit longtemps enfermé devant les merveilles du monde libre, avaient fait le reste et déclenché la spirale d'un délire passager. Mais tout cela était sans gravité et céderait facilement à une cure de détente.

Après la consultation Sergueï Alexeïevitch les retint à dîner ; il était heureux de recevoir des voyageurs qui avaient connu des aventures aussi extraordinaires, et il leur posa de nombreuses questions sur Peterbourg, sur Omsk aussi. Il fut très intéressé par les théories du docteur Tomassov ; alors qu'il étudiait à Moscou il avait entendu parler de ses travaux sur la psychologie de la misère, et il souhaitait vivement en savoir plus sur l'homme et sur ses méthodes. Ils tentèrent de lui répondre de leur mieux, bien que n'étant que de simples témoins de son art qui n'en possédaient pas les clés.

Finalement, ayant sympathisé avec eux, séduit tant par l'esprit de Rodion que par le charme de Sonia, il leur proposa l'hospitalité pour ces trois jours, ajoutant que le calme de sa maison familiale sise un peu à l'écart et la fraîcheur de son grand parc à l'anglaise seraient le meilleur remède à la mélancolie aiguë dont souffrait le jeune homme. De fait Rodion Romanovitch, bien que talonné par le désir de retrouver Peterbourg au plus vite, fut obligé de reconnaître que ce séjour forcé lui serait indispensable dans l'état de confusion où il se trouvait alors.

Il apprécia particulièrement les effets bénéfiques de l'espace dans cette demeure aux plafonds élevés, aux grands volumes, aux larges fenêtres ouvertes sur l'horizon des montagnes qui permettaient un renouvellement constant de l'air, purifié par les arômes d'un jardin riche en essences de conifères et en fleurs rares. Il aima aussi la liberté dont jouissaient les nombreux enfants de la famille, sous la surveillance attentive et discrète d'un *outchitel*[15] français adepte de « l'Emile », et la vie patriarcale qui s'écoulait loin de l'agitation du monde, dans l'harmonie, les rires et les jeux innocents.

Sergueï Alexeïevitch occupait avec sa femme Anna le rez-de-chaussée et le premier étage de l'aile ouest ; les autres parties de la maison étaient équitablement réparties entre ses deux frères et sa sœur aînée. L'aile centrale abritait les pièces d'apparat, en bas ; et l'appartement de l'aïeul, au premier étage. Alexeï Ivanovitch Ipatiev était un noble vieillard à barbe blanche toujours vêtu, à l'ancienne mode des marchands, d'un long caftan brodé. Respecté par ses enfants il était adulé par les petits qui venaient à tour de rôle le cajoler et écouter les contes et les histoires du vieux temps qu'il était seul à connaître. D'autres vieux commerçants se réunissaient parfois autour de lui car il avait une réputation de grande sagesse et il les aidait à gérer leurs biens, mais aussi leur détresse morale.

Rodion passait le plus clair de son temps au jardin et il y avait un *je-ne-sais-quoi*[16] de nostalgie dans son regard tandis que toute cette vie s'ébattait autour de lui.

Les enfants venaient souvent le voir ; il aimait se prêter à leurs jeux et répondre à leurs questions naïves.

L'un des plus grands, Kostia, âgé d'une quinzaine d'années, le prenait souvent à l'écar, et, de sa petite mine d'adolescent sérieux, l'entreprenait sur des sujets « philosophiques ». Visiblement, il avait envie de parler à un adulte capable de l'écouter et de le comprendre, de saisir les méandres de sa pensée naissante, de partager ses enthousiasmes et ses révoltes juvéniles.

« - Tu sais Rodion, lui disait-il, j'aime beaucoup mes petits frères et sœurs mais je ne peux plus jouer avec eux ; je méprise

---

[15] cf note précédente

[16] en français dans le texte

aujourd'hui tous ces enfantillages auxquels je me livrais hier encore. Maintenant je me prépare car le temps presse ; je dois agir je ne sais encore comment, mais de grands événements doivent se produire bientôt. Et je ne veux pas être en retrait quand cela arrivera ; je veux répondre présent à l'appel du Destin.

- Je vois bien que tu n'es plus un enfant ; tu parles et raisonnes comme un homme. Mais il ne faut pas mépriser l'enfance pour autant : il te faudra t'en souvenir, la préserver en toi comme une petite flamme précieuse où tu pourras toujours venir te réchauffer quand tu auras froid.

Tu verras, ça aide à supporter beaucoup de choses, ajouta t-il après un silence.

Mais c'est bien, tu as raison ; tu as raison de vouloir jouer ton rôle dans la vie. Chacun de nous doit jouer sa partie du mieux qu'il peut. Cependant, il ne faut pas s'y perdre ; on ne doit jamais oublier qui l'on est, et ne pas agir contre cela. Parfois il faut savoir s'isoler, poser le masque et écouter son cœur. On peut pleurer aussi, mais en secret ; comme un enfant, sans que les autres ne le voient ni le sachent. Ils ne comprendraient pas.

- Moi non plus, je ne comprends pas. Tu es un homme, un vivant, tu as été au bout de tes idées si ce que l'on dit est vrai et je t'admire pour cela ; maintenant tu es en prison, pour longtemps encore, avec les voleurs et les assassins. Et tu parles d'enfance, de larmes, de faiblesse ?... Comment est-ce possible ?... dit-il avec véhémence.

- Tu vois Kostia, les choses ne sont pas si simples, les êtres non plus. Les hommes ne ressemblent pas à ce qu'ils sont au fond d'eux-mêmes, la dureté de leurs actes et de leurs paroles n'est bien souvent qu'apparence.

Et puis, on ne peut vivre entièrement au service d'une Idée, aussi séduisante soit elle ; il y a toujours quelque chose qui sonne faux quelque part, je ne sais pas, je n'ai pas trouvé quoi, pas encore ; mais je ne suis pas très sûr que la Vérité existe ; plus maintenant… Et pourtant, comme je voudrais y croire, comme je voudrais ne pas m'être trompé !

Il s'interrompit un instant puis reprit sur un ton rêveur :

- Le seul petit trésor que j'aie fini par découvrir, et encore par hasard, c'est une chose à laquelle je ne m'attendais pas du tout, une toute petite chose envolée avec mon enfance, comme un oiseau que j'avais chassé. Je l'ai regardé prendre son vol, satisfait de moi-même ; il s'est enfui en piaillant dans le ciel naissant. Tiens, je lui aurais volontiers jeté des pierres si j'en avais eu sous la main ! Il est parti sans demander son reste, rapidement je l'ai perdu de vue avec un petit serrement de cœur, je ne sais trop pourquoi. Ensuite je suis passé à autre chose ; j'ai ramassé un loup dans le fourré voisin, je me suis drapé dans une cape de nuit arrachée à l'aurore et puis je suis parti, très digne, pour aller jouer aux jeux des grands, la hache en main et la dent agacée, sûr de moi et du Monde.

Mais quoi ?… Un oiseau finit toujours par trouver la branche où il se posera, et le bûcheron le plus vigoureux n'arrivera jamais à couper tous les arbres.

Un jour j'ai dû m'arrêter, saisi d'un doute. Je me suis livré, on m'a jugé et emmené là-bas ; j'ai regardé tout autour de moi pour la première fois depuis longtemps, le ciel, la terre, les autres, moi-même ; et là soudain je l'ai vu, posé devant moi. Il me regardait l'œil pétillant et s'est mis à chanter. Et depuis il n'a plus arrêté. Parfois je n'entends plus que lui ; parfois le tumulte du dehors couvre sa voix. Mais il est toujours là, je le sais, et en tendant l'oreille je peux encore discerner son chant. Maintenant j'ai presque oublié le reste, toutes ces idées qui m'avaient mené au crime ; c'est lui qui me guide et fait tomber les murs, c'est sa douce chanson qui me berce, me console, me pousse à espérer.

- Je ne vois pas vraiment ce que tu veux dire ; tu prétends ne plus t'intéresser à tes idées, dit Kostia avec sarcasme, alors que tu voulais changer le Monde ; serais-tu déjà fatigué ?... En même temps tu me dis que c'est bien, qu'il faut jouer son rôle, s'avancer sans frémir. Et pourtant il faudrait s'attendrir et pleurer en cachette comme une femmelette ignorante !... Quel romantisme désuet ! Mais ce n'est pas ainsi que nous ferons bouger les choses, que nous réglerons la question de la Justice ! Toi qui aimes tant les enfants, toi qui « cultives ton cœur d'enfance », comment peux-tu supporter la souffrance d'un enfant ? Est-ce en gémissant ainsi que tu comptes l'apaiser ?... Ou n'est-ce pas plutôt en prenant les armes, et en allant résolument jeter à bas l'ordre établi qui produit toute cette souffrance, toute cette misère ?...

Il s'interrompit, puis il reprit sur un ton grave :

- Voilà ce que je veux, voilà ce que nous voulons, mes camarades et moi, et nous ne sommes pas des poules mouillées !... Je me suis levé, maintenant je suis debout, bientôt je me mettrai en marche ; je ne m'arrêterai que lorsque l'empereur assassin et sa famille seront là devant moi, à ma merci, prêts à payer leurs crimes pour sauver l'Humanité ! Oui ! Je verrai cela !...

- Un crime pour un autre ce n'est pas le bon compte, et rien ne justifiera jamais le massacre des innocents. N'oublie pas ça, Kostia, et réfléchis un peu car tu es un garçon intelligent. Ecoute moi, je suis ton ami ; je ne voudrais pas que tu commettes les mêmes erreurs que moi. L'exaltation est mauvaise conseillère, même si tes idées sont généreuses. Méfie-toi cependant : toutes les causes sont justes, et toutes peuvent mener au pire. Tu dois c'est vrai te lever et marcher, faire ton chemin. Mais ce qui compte le plus ce n'est pas de faire triompher tes idées ou de suivre aveuglément quelque maître à penser. Ceux-là sont les pires ; ils sont les premiers à se moquer des idoles qu'ils ont forgées, à rire des insensés qu'ils envoient au sacrifice !... Non, ce qui importera vraiment dans le rôle que tu te seras assigné, ce sera d'être toi, d'être vrai, d'être juste, te respecter et respecter les autres, tous les autres, même tes ennemis. C'est alors seulement qu'ils t'auront reconnu l'autorité du cœur qu'ils t'écouteront et te comprendront. Ce que tu leur diras, tu en seras le premier étonné ; car aujourd'hui là, devant moi, tu ne saurais pas trouver les mots, non, absolument pas. Les paroles que tu prononceras ce jour-là n'appartiendront qu'à toi ; ce sera ton jour, le seul jour peut-être qui justifiera toute ta vie. En attendant il te reste beaucoup de combats à mener pour mûrir ces paroles. Qui sait si elles ressembleront à ce que tu crois aujourd'hui avec tant de ferveur ?... Cependant elles sont déjà en toi, là, enfouies au cœur de ton être ; et de ce fonds tu es dépositaire. C'est ton seul et unique trésor ; mais quel trésor : des mots, rien que des mots ! Mais l'important, au-delà de ce qu'ils signifieront, ce sera la façon dont tu les diras... Tu penseras à cela de temps en temps, quand tu marcheras ; on pense beaucoup, quand on marche... Et n'oublie pas de réfléchir toujours : on a toujours le choix, même un fusil à la main et un autre enfoncé dans les reins.

- Ce que tu dis est beau, comme je voudrais y croire... Mais tu parles toujours de rôles, de masques, de jeu : on dirait du théâtre... Est-ce cela, la vie ?...

- Oui bien sûr c'est cela, et il faut l'accepter. Sur cette scène nous sommes tous masqués, grimés, costumés, nous jouons un rôle : c'est là une règle que nul ne peut enfreindre : même ceux qui croient la refuser jouent encore une partie qu'on a écrite pour eux. Ce qui importe c'est de choisir toi-même ton déguisement et de rentrer dans le jeu avec sincérité. Mais gare à la passion qui mène à l'outrance : ne jamais se renier, éviter l'ivresse et rester soi, c'est ainsi qu'il faut être pour ne pas se perdre. Et surtout, surtout, ne va pas jusqu'à croire que ce jeu n'est qu'un jeu, qu'il n'engage à rien d'y jouer, même si c'est LE jeu : car à la fin et quoi qu'on fasse, tout le monde est mort. Toi, moi, ceux que tu aimes, ceux que tu détestes. Eh oui, la Mort aussi fait partie du jeu, même si nul ne songe à l'y inviter : c'est notre maîtresse à tous, nous coucherons tous un jour dans son lit. Ce qui fait la différence, c'est la manière dont chacun l'affronte. La vie sert aussi à se préparer à ce moment-là...

- Brr...tu me fais froid dans le dos, tout à coup !... Mais, dis-moi (et pardonne-moi mon emportement de tout à l'heure, je ne savais pas ce que je disais) : tu n'as pas fini de me raconter l'histoire de l'oiseau ! Qui est-il ?... Et sur quelle branche est-il perché ? Quel est son chant ? N'est-ce pas encore une sorte de chimère, plus dangereuse peut-être que toutes les autres ?...

- C'est vrai, je dois te dire ce que je sais, même si je vais sans doute te décevoir un peu. Tu sais moi aussi je suis en route, j'ai encore beaucoup à découvrir. Qui il est ?... Je l'ignore encore, même si j'ai quelques soupçons. Moi-même, sûrement un peu : c'est l'enfant que je fus, et que je croyais mort comme mon frère bien-aimé ; mais l'enfance ne meurt pas, c'est peut-être même la seule chose immortelle en nous. L'amour des autres aussi sans doute, même s'il m'en coûte de l'avouer. L'amour ne pèse pas lourd, sur la balance des Grandes Idées ; l'amour fait peur, c'est une incongruité, il faut vite le rentrer, le cacher, un peu honteux et l'oublier, sauf à le vider de son contenu pour l'exhiber comme une baudruche : l'amour de l'Humanité est l'oriflamme le plus commun des grands massacres et des tyrannies. Attention à l'amour, Kostia : c'est la meilleure et la pire des choses ; mais n'oublie jamais que, sans lui, on ne vit plus. Alors sache aussi te laisser aller à l'amour. L'essentiel c'est de savoir deviner où il niche. Et cela je ne peux pas te le dire, et nul ne le pourra jamais : à toi de le trouver, c'est la quête la plus précieuse, la plus mystérieuse, la plus enrichissante.

L'amour de soi et de la vie enfin, très certainement. Car il faut s'aimer et aimer ce qui nous arrive : autrement, les êtres et les choses nous seraient vite insupportables. Prends garde à l'enflure, à l'orgueil : c'est notre pire ennemi. L'orgueil suscite la haine des autres et mène en fin de compte au mépris de soi-même. Nous devons cultiver l'humilité, savoir rester dans l'ombre jusqu'à ce que le soleil nous touche. Mais alors sans hésitation il faut s'avancer sur le proscenium, faire face à la foule, clamer haut et clair la vérité que nous recelons.

S'aimer, aimer la vie, c'est trouver la richesse là où d'autres ne voient que le néant. Evite le néant, Kostia ; surtout, évite le néant. Il n'y a rien à y trouver, il n'y a rien à y voir : le néant, c'est un piège à lapins.

Si l'oiseau est une chimère, c'est la plus belle de toutes : son chant est plein d'espoir, il nous apprend la liberté, la vraie, celle de l'esprit. Finalement c'est là ce qui nous reste quand on a tout perdu. Alors c'est toujours bon à prendre…

Mais je ne t'ai pas encore dit où il perche : je l'ignore moi-même, et si je le savais peut-être devrais-je me taire ; chaque homme ne doit-il pas conserver son secret ?… C'est à toi de chercher, à toi seul : je suis sûr que tu finiras par le trouver. Ecoute-moi bien, Kostia : puisque tu me l'as demandé, je te le dirai quand même. Tu es mon ami. Quand le temps sera venu pour moi, je te ferai signe. Alors, tu viendras et tu me trouveras ; là seulement, je te dirai ce que je sais. »

Les trois jours passèrent comme un rêve ; Rodion et Sonia auraient aimé prolonger leur séjour à Iekaterinbourg mais le temps pressait, il fallait repartir. Sur le quai de la gare, dans la fumée et le chuintement terrifiant des locomotives, sous l'immense verrière qui semblait la porte monumentale de la civilisation ils saluèrent leurs hôtes, promettant de revenir. Rodia serra longuement la main à Kostia comme à un homme, puis brusquement ils tombèrent dans les bras l'un de l'autre et s'embrassèrent, sans retenir leurs larmes.

XII

PASSAGE DE L'OURAL

Le passage de l'Oural dans un nimbe de nuages cotonneux et de fumée piquante ressembla un peu aux yeux de Rodion à une traversée océanique, aux vagues de crêtes neigeuses et futaies déferlantes ; le sac et le ressac le berçaient comme autrefois ailleurs autrement voyageur d'enfance et les galets perdus

Plage blanche aux goémons d'arabesques   ligne infinie

Staccato des boogies sur les rails ponctués de vide

Rumeur benthique des traverses soulevées

Ballast expirant ce thorax terraqué au poids de la machine

Voisinage de lumière Masse infinie Chenille-luciole de wagons   divaguant dans l'obscurité blême

Voyageur porté perdu à la pointe de la flèche du temps

Trainterminable

Monstre d'acier lancé à cent à l'heure au fil tendu d'un arc

Autour flocons d'espace

Entre Rien et Nulle Part

Fil acéré de la hache étincelante prête à trancher vif le

Fil

    de

        la

           Vie

……….Clotho   Lachesis   Atropos……….

Scansion ternaire du désespoir

Echo battant-galop son cœur

Compression-expansion

                Compression-expansion

                          Compression-
                expansion

……………………………………………………………
…

Cependant au dehors la musique

Portées sagement parallèles

Au rythme des poteaux-mesures

Oies sauvages taches blanches Noirs corbeaux crochés négligemment aux fils du télégraphe

Le concert reprenait emmi[17] les écroulements pétrifiés des forêts

Dehors hurlaient les loups

Dedans les ronflements bêlements meuglements eh oui la troisième classe était une ferme ambulante cela mettait du piquant au voyage

Caquètements et souffles d'ailes coqueriquant glapiboyant le cri suraigu de l'amour

....
......

Le murmure des voix

                                            Calme complainte des jours

La basse continue d'une conque marine

Fumée hypnotique du tabac   volutes haletées

Dans la nuit folle

Les escarbilles

Signaux germes d'incendies gemmes de rêves

Fuites d' étourneaux

Carnaval

Gnafron grimaçant au carreau

---

[17] Parmi (en vieux français)

Puis

　　　　Enfin

　　　　　　Le chant du silence aux bras blancs de Sonia

　　　　　　　　Nausicâa et l'oubli le Léthé d'absinthe aux reflets verts

　　Compression-expansion

　　　　　　Compression-expansion

　　　　　　　　　　　　　　　　Compressio
　　　　　　　　　　　　　　n-expansion

La lune hululait dans le lointain

Soleil-sommeil

Douceur douceur douceur douceur

....
......

Au lendemain Kazan le train à demi se vida

Les jeunes paysans vigoureux

Les babouchkas ridées tannées brodées de châles et de couleurs

Tous descendirent

Emportant les fromages les fruits les odeurs

Les animaux

La chaleur des regards

Légers comme des pommes

Car c'était la grande foire

                                        La foire de la saint Jean

La locomotrice cracha des jets de vapeur sperme blanc dans le ventre de la gare aux membres d'acier aux béances de verre aux déjections de foules

Victimes sacrificielles

Conduites au Minotaure

Cérémonies honteuses au temple du Futur

Ceux qui partent ne reviennent jamais

Et ceux qui viennent   demain repartiront

On jeta le charbon funèbre dans la gueule brûlante

La Bête hurla siffla toussa exigea sa cargaison d'âmes

On la lui livra

Elle éructa satisfaite siffla encore éjacula

Et

HAN !............HAN !...............HAN !............
HAN !.........HAN !.......HAN !....HAN !... HAN ! HAN ! HAN !

etc...

Pistons bandés panache dressé majestueuse fière et monstrueuse

Lentement elle s'élança sur la piste de fer

A la poursuite du renard

Accélérant sans hâte

Force inexorable

Saluée de millions de mouchoirs blancs larmes cris et même un drapeau rouge

Prémonition

Qu'on agitait frénétiquement

Les murailles de la ville s'ouvraient à son approche hurlante

Comme jadis Jéricho

Tombées en poussière

Emportées par le vent   mêlées aux sables du désert

Le ciel nacré livra passage à une poignée d'anges

Matin de gloire

On traversa le fleuve

Pont d'acier aux hanches courbes

Qui pleura sous l'effort

Volga

Commissure argentée large comme la mer

Reflets de jade et d'écarlate comme le sang versé

Flot de souffrance   cruel Euripe

Horizon trompeur   Liberté fatale

Salut à toi et tes deux rives

A ta berge cosaque

A ta berge tartare

Je me noierai un jour dans ta folie qui roule

Entr'Orient et Occident

Chair griffée de steamers de péniches

Visage vérolé, ponctué de voiles, perles bleues sur ton pallium blanc d'azur

Je te posséderai dans une étreinte ultime

Où ma quille

Eclatera

Mais ce sera un autre jour que celui de nos noces

Moi la machine   et toi   Volga

Volga ma Volga mon amoureuse aux yeux vert d'eau

Bientôt je rejoindrai ton lit

Ce jour-là

La terre tremblera

Le voile du temple se déchirera

Et la nuit tombera au milieu du jour

A ce mariage il y aura deux témoins

Les jumelles

Les grandes tours de Manhattan

Et puis un signe dans le ciel

Alors l'enfer déferlera

Dans l'église sur la croix l'Homme cloué poussera un grand cri

Eli Eli lama sabacthani[18]

Et de son flanc percé

Jailliront l'eau

      Le sang

           Et l'amertume

O prodige

Invention de ta source mystique

Volga ma Volga fille de la lance et du cœur de l'Agneau

Tes regards sont doux tes regards sont coupants

---

[18] en hébreu dans le texte

Tes mains d'obsidienne

        Tes cheveux de sargasses

                Ta bouche aux lèvres d'or

Murmure les paroles qu'aucun humain n'entend

Sauf à y perdre la raison

Et la vie par la même occasion

Eau morte Eau vive

Le Nil est ta sœur de lumière

Et l'Achéron ton frère d'ombre

Mais ce sera un autre jour que celui de nos noces

Moi la machine

Et toi

Volga

Volga ma Volga mon amoureuse au fil de l'eau

Bientôt je rejoindrai ton lit

....
....

Je file à tes côtés pour mieux te contempler impudique étalée à mon désir

Enfin je m'arrache à ton sein glauque

Le temps n'est pas venu encore

Je perfore l'espace je découds la prairie et je remonte au Nord

Ha ha

Ici dans l'herbe haute

Galope un poulain   Fou qui veut me courser

Sa crinière est feu qui flotte

Coq rouge

Colère au vent de la révolte

Tout cela est sans espoir

Il vole dans la plaine sabots plus hauts que les genoux

J'ahane et je pistonne mes roues découpent le sol

En tronçons parallèles

Ma fumée noircit le ciel

Y accroche des étoiles d'incendie

Je fais trembler l'Univers je deviens aérien

Vitesse pure

Dans la prison des rails je disparais

Flèche sombre à la cible lointaine

Et toi tu restes là essoufflé libre et vain

Même le petchenègue ne t'échangerait plus contre deux beautés russes de la steppe

Ta jeunesse est ta force

Ta fougue déborde ton esprit

A la foire des fous tu n'es qu'un Pierrot

Et moi Polichinelle

Nos destins sont liés comme

Ortie et lys

Vipère colombe

Matière lumière

Enfer promis et Paradis perdu

Je m'en vais je t'oublie je suis loin

Tu ne m'oublieras pas

Je cours et je vole après

Quoi ?

Dans ma tête d'acier une seule idée

La mort

Adieu Volga adieu cheval adieu verte prairie

Plus tard plus tard on verra où mais l'on se reverra

Chaque tour de roue effile le rasoir

Le couperet la hache

Qui tranchera ton chef couronné de Kremlin

Moscou Moscou Moscou tends ton cou

Et je le couperai

Je faucherai tes blés

Tu verras

Ce sera l'été rouge

O moisson

                d'or

                            et de

                                        sang

Raskolnikov s'éveilla comme d'un sommeil léger, et aperçut les mille et trois coupoles de la cité tartare. Ils ne firent que traverser la place, d'une gare l'autre, insensibles à l'appel de ses rues et de ses cloches. Loin encore au nord du Nord Peterbourg les attendait, distraite et impatiente comme une maîtresse.

XIII

PETERBOURG

De la dernière partie du voyage il y a peu à dire si ce n'est que la population du train fut toute différente ; ce n'étaient qu'hommes d'affaires, gens du monde et du demi-monde, de rares marchands, très peu de paysans ; des étudiants aussi en redingotes usées, les coudes percés, le regard famélique. Ils parlaient de théories nouvelles pour Rodion, qui prêtait l'oreille à leurs propos ; les tenants du « retour au peuple » semblaient s'opposer à ceux de l'action directe, mais tous s'accordaient sur la finalité de l'instauration d'un socialisme libérateur. Le discours d'un jeune courtier bien vêtu, bien nourri, qui vantait les mérites de la « main invisible » du marché, instrument suprême de la répartition des richesses, ne lui attira que des sarcasmes méprisants. Ces idées-là avaient changé de camp, et ne méritaient même plus d'être discutées : on lui rappela en termes crus les horreurs de la « révolution industrielle » en Angleterre, les excès du libéralisme sauvage, la misère du peuple de Paris qui s'était héroïquement soulevé au printemps de l'année dernière pour réaliser la Commune Universelle... Sous les quolibets l'apprenti contradicteur, mis en minorité, préféra ramasser ses affaires et changer de compartiment.

« - C'est ça, ramasse ton or, Galliffet !...

- Et compte-le bien, des fois qu'il en manquerait ! Bientôt le Peuple viendra te réclamer des comptes !

- Fais attention au sang, tu vas tacher tes beaux habits !

- C'est le sang des pauvres, y'en a plein les billets ! »

Raskolnikov, interdit, ne se mêla pas à la conversation bien qu'il reconnût en ces étudiants le feu de justice sociale qui le rongeait encore. Mais en même temps il percevait dans l'éclat de leurs yeux durs la haine et le désespoir qui l'avaient poussé quelques années plus tôt sur les chemins de la déraison, et ce souvenir le faisait frissonner. Sans connaître le fond de leurs idées il le devinait, car le propos était toujours le même : qu'importe les moyens pourvu qu'on aille au bout de la conquête ! Et une petite voix lui serinait, railleuse : « Qu'importe la conquête pourvu qu'on aille au bout du crime ! Tue, tue et oublie tout le reste ! Tu sais ce qu'il advient ensuite, quelle ivresse, quel vertige, quelle sensation unique ! Car tu le sais, toi, maintenant, ce qu'il y a derrière le rideau du Bien et du Mal, n'est-ce pas, mon ami, tu le sais, tu le sais, hein ? N'est-ce pas, que tu le sais ? »

Il agita la main, en proie à de sombres pensées. Il voulait oublier tout cela, se laver l'esprit de ce sang, tout ce sang, celui des pauvres, celui des usurières ; celui des victimes, celui des assassins… Il se plongea dans la lecture d'un recueil d'Arthur Rimbaud, jeune poète français récemment traduit, et laissa son esprit vagabonder au rythme puissant de ces vers. Il jetait parfois quelques notes dans son carnet, impressions remémorées en vrac, hiéroglyphes de varech en fantaisies aléatoires, signes volants s'abattant sur le papier en ritournelles, étourneaux du rêve, rondeaux et villanelles…

Descendant sur le quai, aveuglé par la foule et la fumée noire il se trouva soudain étouffé de baisers, noyé de larmes répandues sur son visage par Dounia, sa sœur chérie, qui s'était jetée sur lui en l'apercevant. Razoumikhine l'accompagnait. Sonia avoua qu'elle leur avait télégraphié de Moscou la nouvelle de leur arrivée.

Dans la gare mouvante comme un paquebot un orchestre jouait des hymnes glorieux, éclatants de cuivres. Un petit porteur empoigna la pauvre valise de Rodion et le *carryall*[19] de Sonia tandis que Dmitri Prokofievitch s'exclamait :

« - Comme vous êtes pâles, tous les deux ! Surtout toi, Rodion Romanovitch ! Et comme tu as maigri ! Ce doit être le bagne, et toutes des émotions… Mais nous allons te requinquer vite fait, mon cher ! N'est-ce pas, Avdotia ? Et puis, bien que les nuits soient blanches en cette saison, pas question de sortir, ni de faire des folies ! Il te faut d'abord te reposer des fatigues du voyage, dormir, Rodia ! Dormir ! c'est cela dont tu as besoin ! N'oublie pas, tu as cet examen… Eh oui, vieux, la Liberté, c'est pour après ! C'est toujours comme ça ! »

Raskolnikov sourit et ne dit rien ; les yeux brillants de larmes, il donna l'accolade à son ami et soudain le soleil, le grand soleil du dehors qui coulait comme un fleuve d'or fondu sur la perspective Nevski l'enveloppa d'une chaleur tendre, maternelle.

Un fiacre les emmena prestement ; tandis que Razoumikhine donnait des ordres brefs au cocher et surveillait la route les deux femmes conversaient avec animation, toutes à la joie de se retrouver. Bercé par la chanson des sabots sur les pavés de bois, clopin-clopant pressé, Rodion laissait errer son regard sur les palais et les canaux, les ponts et les places ; il percevait à nouveau les sortilèges de ce lieu habité. Ils prenaient possession de son âme, vapeurs d'un alcool doux et puissant au parfum oublié, aussitôt reconnu, chargées d'une ivresse immédiate, belle, dangereuse. Derrière ces façades transparentes aux murs hautains, au-delà de ces jardins sombres et des églises dorées de frais il devinait les drames intimes, les fillettes promises au vice, les noyées aux yeux

---

[19] En anglais dans le texte

perdus... Des traverses le menaient bientôt aux ruelles tortueuses de l'Imaginaire où dans des arrière-cours gisaient comme des écus répandus sous la borne du destin, des escarboucles de sang et de vomissures. Entre leurs murs glauques aux odeurs de cuisine retentissaient les rires grinçants des vieilles, les jaboteries niaises du voisinage.

Mais tout cela se brouillait et s'emmêlait dans une confusion labyrinthique au gré des quais poisseux qui coupaient les rues et serpentaient sous les ponts : sur les genoux du profiteur au visage épanoui l'enfant vendue grimaçait en rougissant, en proie à un désir inavouable ; les désespérées plongeaient avec volupté dans les eaux phosphorescentes de la Fontanka ; les gens riaient au passage de Raskolnikov qui jetait des brassées d'or par la fenêtre du carrosse... Sur la place Sennaïa, on avait dressé une sorte de gibet au milieu du marché ; la foule des badauds s'était massée tout autour et s'écarta à peine pour le laisser passer, malgré sa lourde pelisse et son air imposant. Des rafales de neige s'abattaient en tournoyant dans l'air sombre, et l'on entendit le silence tomber comme une chape misérable percée de trous. En s'approchant il vit avec stupeur qu'il ne s'agissait pas d'un gibet ordinaire mais d'une croix levée vers le ciel ; une vieille femme en haillons y était clouée, pieds et mains sanguinolents. Elle bavait et roulait des yeux fous, semblant chercher quelqu'un dans l'assistance. Soudain l'apercevant elle se mit à hurler ; alors il la reconnut. C'était la vieille, le visage révulsé de colère et de douleur.

« - ASSASSIN ! Tu crois t'être repenti, mais ton crime est là tout frais encore, dans ton cœur endurci ! Tu crois être un sauveur mais tu n'es qu'un vide-gousset, un lâche, et tu méprises tous ceux qui t'entourent ! Tu ne vaux pas mieux qu'eux, tu ne vaux pas mieux que moi ! TU ES LE PIRE DE NOUS TOUS ! Maudit ! Sois maudit pour l'éternité ! »

Il lui sembla qu'une lance s'était plantée dans son cœur. Il sursauta. Le voile de chaleur dorée retomba sur ses yeux, les flocons tourbillonnants n'étaient plus que neige de pissenlits, les bras du télégraphe s'agitaient comiquement devant le poste de police et les jeunes filles riaient en passant aux bras de leurs compagnons, promenades insouciantes ; le vent léger faisait frissonner les jupes et les foulards de mousseline. Les couleurs dansaient dans le soleil, bulles de pastel. Mais son cœur demeurait froid, froid et lourd comme une pierre, une énorme meule plutôt placée là en travers d'un antre secret, désirable. Il lui aurait suffi de s'arc-bouter, de développer sa force pour la rouler sur le côté et découvrir… quoi ? Quel nouveau vide, quelle absence, quelle insondable négation ?… Pourquoi désirer ce qui ne peut être accompli, pourquoi vouloir ce qui n'existe que dans les songes et s'échappe comme du sable entre les doigts serrés ?

La glace de l'hiver restait cramponnée à lui, elle le mordait comme une brûlure intérieure tandis que le décor du passé se déroulait sous ses yeux battus. Pourtant il était là, la réalité lui sautait à la gorge, immense imposture qu'il lui faudrait cependant supporter encore et encore, jusqu'à la fin… Mais quelle Fin, grands dieux, et au nom de quoi ?… Pour toute réponse un essaim de mouches bourdonnait autour de sa tête, arraché aux charognes par le passage des chevaux. Et sa révolte lui sembla vaine devant ce qui apparaissait soudain comme une fatalité.

L'attelage ralentit, on tourna un angle, on avança encore un peu, puis l'on s'arrêta dans une ruelle sentant l'urine au bord d'un immeuble de taille moyenne qui donnait sur un canal.

« - Et voici notre château ! » s'exclama Dounia, d'une voix faussement enjouée ; elle fixait Rodion d'un air inquiet.

- Eh bien, frérot, tu ne vas tout de même pas retomber dans ta fichue mélancolie ?…Allons viens, secoue-toi donc un peu, ce n'est pas le moment de t'endormir ! Nous allons bavarder là-haut et puis après nous dînerons ; tu vas être content, Rodetchka, nous avons quelques invités ! »

Il hocha la tête, ébaucha un sourire contraint et s'appuya au bras de Sonia, saisi d'une sorte de tremblement. Il descendit ainsi de la calèche, courbé comme un vieillard, et s'avança lentement vers le porche.

Sous la voûte où flottait une vague odeur de moisi, il s'arrêta un bref instant. Il perçut nettement la respiration retenue, rauque, haletante des cages d'escalier enténébrées qui le guettaient comme une proie : une de chaque côté du passage, et quatre autres plus loin, tapies à chaque angle de la cour. Serpents sombres pendus aux frondaisons comme des lianes de mort songea t-il, prêts à l'enlacer doucement, colliers de chair glissant d'un long baiser, d'une étreinte progressive et inexorable, étouffement d'amour minéral.

« Je suis prêt », pensa t-il ; « je suis prêt, allons-y, allons ! ».

© 2020, Jean DUPLAY

Edition : BoD – Books on Demand,

12-14 rond-point des Champs Elysées, 75008 Paris

Impression : BoD - Books on Demand, Norderstedt, Allemagne

ISBN : 9782322204557

Dépôt légal : février 2020